やきいもほくほく
illust 風ことら
牢の中で目覚めた悪役令嬢は死にたくない 2
～処刑を回避したら、待っていたのは溺愛でした～

アマリリス
元はドン底フリーター・天野凛々が入れ替わった令嬢。実はミッドデー王国の王女であることが判明する。刺繍を用いることで魔法が使える。
エタンセル・サン・ミッドデー
ミッドデー王国の王。アマリリスの父。光り輝く装飾品を身にまとい、太陽のように快活な王様。再会したアマリリスのことを過保護なほどに溺愛している。

Characters

ユリシーズ

バルドル王国で近衛騎士をしていた青年。アマリリスと出会い惹かれ合い、婚約した。ミッドナイト王国の王太子であることが明らかになった。

ルナ・ムーン・ミッドナイト

ミッドナイト王国の女王。ユリシーズの母。金色に輝く長い髪と瞳を持つ。未来を予知する“星読みの少女”を従えている。

『アマリリス、よく聞いて。
あなたにはとても感謝しているわ。だから
残りの力を使って、あなたに協力する』
「協力……？」
『私がペンダントの太陽石の
力を使って時間を戻すから
ユリシーズを救い、運命を
変えなさい』
「…………っ⁉」

アマリリスはその言葉に大きく目を見開いた。唖然としていると、凛々は腕を組んでアマリリスに問いかけた。

『あなたは幸せになるべきよ。こんなところで終わっては駄目。

そうでしょう？』

「でもわたくしには……！」

『できるわ。あなたになら』

「…………え？」

『アマリリス、今のあなたにならできるはず。そうでしょう？』

「…………嘘、でしょう？」
まさかアマリリスになってから二度も牢の中に入ることになるとは思わずに複雑な心境で簡易的なベッドに座った。恐怖なのか緊張からか足がガクガクと震えていた。
アマリリスは牢の端の方に移動する。頭の中で言いたい内容を整理してから御守りに向かって小声で話しかけると淡く赤色に御守りが光った。
「お父様、ユリシーズ様……！　わたくしの声が聞こえていたら小さな声で返事をください！」

『ッ、アマリリス！　アマリリスなのか！』
すぐにミッドデー国王の声が聞こえる。
『アマリリス……！』
次にユリシーズの声が響いた。
「わたくしは無事です。ティムリムの牢の中に捕らえられています。
人質だと言っていたので、すぐに殺されることはないでしょう。彼等
の要求には絶対に応じないでください」
『なっ……！』
「また連絡します」

CONTENTS

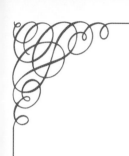

第一章　ハッピーエンドのその先は……？

アマリリスは目を閉じて振り返る。これまで様々な困難を乗り越えて、いまここにいる。日本で貧乏暮らしをしていた自分が、異世界の侯爵令嬢、アマリリス・リノヴェルタと入れ替わった。〝悪女〟と呼ばれたアマリリスとしての人生は、牢の中から始まった。そこから、近衛《このえ》騎士であるユリシーズに助けられ、彼の婚約者となった。

アマリリスが牢に囚われていたのは、夢で未来を見ることができるという令嬢、シャロンに謀《はか》られたからだ。彼女は能力によって、ユリシーズの正体がミッドナイト王国の王太子であることを知ったのだ。ユリシーズを手に入れようとして暴挙に走ったシャロンのおかげなのか、アマリリスが実はミッドデー王国の王女だということも判明する。

元は敵対していたミッドデー王国とミッドナイト王国は、アマリリスとユリシーズの婚約によって、一つになった。

はずだった。

目の前には錆びた鉄格子。真っ暗でじめじめとした空間で、アマリリスは気合いを入れるために頬を叩いた。

（もう、あんな悲しい結末を迎えたりしない！）

一度目の牢の中では、ゆっくりと休める空間に幸せを感じていたが今回は違う。生きるか死ぬかの瀬戸際であるのは変わらないのだが、今のアマリリスには大切なものがたくさんあった。

（ここから出て、わたくしは今度こそ……！）

アマリリスはここまでの経緯を思い出していた。

＊＊＊

ミッドデー王国の王女、アマリリスとミッドナイト王国の王太子ユリシーズの結婚を期に、二つの国は『ミッド王国』として一つになった。

ユリシーズとアマリリスの結婚式が無事に終わり、国の境目に新しい城の建設が進められていた。二人はもう少しで城が完成するという時にバルドル王国に旅行に来ていた。

マクロネ公爵邸から少し離れたところに色とりどりの花が一面に咲き誇っている長閑《のどか》な場所がある。まだ国が一つになる前にユリシーズと馬に乗って、デートをするために一度ここに訪れたことがあった。

『もし国が一つになったら、またこの場所を訪れよう』

ユリシーズと交わした約束は今もよく覚えている。懐かしい思い出に浸りながら、アマリリスはユリシーズと木のそばに敷物を敷いて体を寄せ合っていた。ユリシーズの金色の髪がキラキラと太陽の光に反射して美しく輝いている。

「またここに来ることができて、本当によかったです」

「ここはあの時のまま何も変わらないな」

「わたくし達の取り巻く環境はどんどんと変わっていくのに……」

「ああ、そうだな」

ユリシーズとアマリリスの左手の薬指には指輪がキラリと光る。太陽石と月の石を合わせて作った指輪は両国の友好関係が良好なことを表していた。


太陽石がはめ込まれた大切なペンダントも胸元にある。これは幼少期のアマリリスがバルドル王国の孤児院へ預けられた際に、唯一持っていたものだ。純度の高い太陽石が嵌《は》め込まれており、魔力を込めるとアマリリスの父親であるミッドデー国王と母親で王妃のマヤ、そして赤ん坊のアマリリスが仲睦《むつ》まじく寄り添う姿が映し出される。

加えてアマリリスは手首や耳にも太陽石を使ったアクセサリーを身につけている。相変わらず過保護なミッドデー国王が、身を守るためのアクセサリーをつけるようにと泣きながら懇願してきたからだ。

淡いピンク色のドレスはミッドナイト王国でユリシーズに選んでもらったものだ。キラキラと星の刺繍《ししゅう》が胸元や裾にあり、ミッドデー王国の鉱石を混ぜ合わせた刺繍糸で縫われていた。

両国のいい部分を混ぜ合わせていくと、国の産業をさらに発展させていけることがわかった。まだまだ問題は山積みではあるが、ユリシーズと共に乗り越えていけると思えた。

アマリリスは思い出したかのようにあるものを取り出してユリシーズに見せた。

「ユリシーズ様、見てください！　ついに完成したんですよ」

「まさかっ、それは……！」

「ミッド王国のシンボルにどうかと思いまして。ユリシーズ様の好みと、星読みの少女達に何がいいか聞きながら虎と竜を選んだのです」

「それと……月と太陽か」

「いい国になるように願いを込めました」

「これは本当に素晴らしい……！　今までの刺繍も勿論《もちろん》素晴らしいが、最高傑作ではないか？」

相変わらずユリシーズはアマリリスの和柄刺繍が大好きだった。刺繍された布を空に掲げながら瞳を輝かせている。月と太陽、竜と虎が睨みあう姿はかなりの迫力があり、国のシンボルにしてはやや威圧感がある。しかしアマリリスとユリシーズの二人はそのことをまったく気にしていない。

「本当に国が統合するのですね。夢みたい」

「ああ、やっとだな」

「ふふっ、なんだか今になって涙が出てきてしまいますね」

「アマリリス……こちらへ」

アマリリスは体を任せるようにして背に手を回した。互いの存在を確認するように抱き締めた後に、ユリシーズの指がそっとアマリリスの頬に流れる涙を拭った。愛《いと》しい気持ちはとめどなく溢れていく。

今、こうしてユリシーズと共に過ごせる時間が本当に幸せだと思う。国が統合するまでは互いに国を行き来したり、何日もかけて話し合いを繰り返していたため、バルドル王国にいた時よりも一緒にいる時間はずっと少なくなっていた。

そしてひと段落した今こそ、二人で一緒にいられる時間を改めて大切にしたいと思い、ここにやって来たのだ。

「今考えると、本当に色んなことがありましたね」

「ああ……」

二人は空を見上げながら、和平協定に至るまでの日々を思い返していた。

（まさかユリシーズ様のお父様が行方不明だったなんて……）

アマリリスはミッドナイト王国へと何度も足を運び、和平のために動いていた。その際に女王からユリシーズの父親の話を聞いていた。彼はユリシーズが何者かによって攫われた後に独自に調査をしていた。ユリシーズがいなくなってから数年後、ミッドナイト女王に黙ってユリシーズを探しに行ったのだそうだ。

泣き暮れるミッドナイト女王の悲しむ顔が見たくない、という切実な思いからだったらしいが、彼はそのままミッドナイト王国に戻ることはなかった。

捜索隊が出されたが、彼は忽然《こつぜん》と姿を消した。夫と息子を失くしたミッドナイト女王の心中を考えると胸が痛かったが『今もどこかで生きていることを願う』と言っていた。

何度も星読みの少女達に頼み捜索を試みたそうだが結果は振るわず、今も度々予知をお願いするもののいい結果は得られないそうだ。

それともう一つ。もうすぐ国が統合するという時に、ティムリムがアマリリスとミッドデー国王を揺さぶってきた。

ティムリムは小国ながらも他国に対して攻撃的で、何度も騒ぎを起こしていた。虎視眈々と侵略のチャンスを狙っており、ミッドデー王国やミッドナイト王国との確執を強めて争いを起こそうとしたり、バルドル王国に攻め込んできたこともあるようだ。そしてアマリリスの母親であるマヤの出身国だった。アマリリスとユリシーズが生まれてすぐにバルドル王国の孤児院に預けられたのもティムリムの仕業《しわざ》ではないかと言われている。

『ミッドデー王国の王妃、マヤを返して欲しくば統合を中止しろ』

その情報が本当かどうか確かめる術《すべ》はなかった。恐らく統合を阻止するためなのだろう。今更『マヤ』が生きていることを知らせる理由はない。それ故にティムリム王の条件を飲むことはなかった。

それでももしティムリムに捕らわれているかもしれないマヤを救えるならばと、バルドル国王や王太子であるスペンサーがアマリリス達のために間に入ってティムリムと交渉してくれた。

『王妃が無事だという証拠を見せて欲しい』

『他に条件はないか』

ティムリムとの交渉は難航した。ティムリムが提示する条件は、とてもではないが現実味のない無理難題ばかりだった。


アマリリスの父親でミッドデー王国の国王、エタンセルも大きな決断を迫られていた。しかしマヤが生きているという証拠もなく、会わせることはできないという一点張り。そうなると下手《へた》に動くことはできなかった。

ミッドデー国王は国と未来を守る決断をして、ティムリムの要求を拒否した。それによってある悲劇が起きた。切り取られた髪が送られてきたのだ。マヤと断定はできないが、赤茶色の髪はマヤと同じだったそうだ。それと共に『お前達は選択を誤った』と、メモにはそう書かれていた。

ミッドデー国王は精神的に大きなダメージを受け、結果的にマヤをティムリムから救い出すことは叶《かな》わなかった。引き続き、バルドル国王が間に入り、ティムリムに交渉していくとは言っていたが、果たしてマヤはまだ生きているのか……それすらも確認する術《すべ》はない。

それでもミッドデー国王は国が統合するまではティムリムに付け入る隙を見せまいと、毅然《きぜん》とした態度で問題を処理していた。そして国が統合してユリシーズとアマリリスの結婚式が終わったタイミングで、張り詰めた糸が切れるように体調を崩していた。

「エタンセル陛下の様子は？」

「お父様はわたくしの前では普段通りに振る舞っていますけど、かなり落ち込んでいるみたいです。お医者様は過労とストレスではないかと言っていました」

「……そうか」

「最近、全然眠れていないみたいです。やはりお母様のことが……」

ユリシーズは励ますようにアマリリスの肩を抱いた。ミッド王国の統合にはなんとか成功して未来に向けて前進することはできたが、ミッドデー国王にとっては大きな痛みと後悔が残る結果となった。

ミッドナイト女王もどこか寂しそうな表情でユリシーズを見ていることがあるようだ。恐らく王配の面影を重ねているのだろうとユリシーズは語った。それは徐々に周囲に影響を及ぼしているような気がしていた。

「わたくしも、もしユリシーズ様と離れ離れになったら諦められません。国に乗り込んででも取り戻そうとする。お父様だって本当は同じ気持ちだったはずです。なのに……！」

「……アマリリス」


『国を守るものとして当然のことをしただけだ』と、そうミッドデー国王は言っていたが、ミッドデー王国で暮らしてから、どれだけ『マヤ』を愛していたのかをアマリリスは知っていた。だからこそ今回の一件が心残りだった。

「悔しいです。何もできなかった自分が許せない」

「アマリリスのせいではない」

「でも、こんな結果はあんまりだわ」

　アマリリスの瞳には涙が浮かぶ。このことが心に影を落とす。ユリシーズはアマリリスの頬に手を伸ばしてそっと涙を拭《ぬぐ》った。

「アマリリスだって、今まで何度も危ない目にあっただろう？」

「それはそうですが……。ユリシーズ様だって同じではありませんか」

「もしアマリリスに何かあれば、今度こそエタンセル陛下は正気ではいられないだろう」

　アマリリスはユリシーズのその言葉を聞いて顔を伏せた。国を統合することが決まり、焦ったティムリムがそれを阻止しようと動いたからだろう。

　バルドドル王国にいた頃はこんな危機が迫っていたことにも気づかずに、ユリシーズと共に明るい未来を夢見ていた。

　しかし次第に現実が見えてくる。アマリリスは何度も危機に晒されていた。バルドドル王国でジゼルと共に買い物をしている時や、ミッドデー王国でも次々とやってくる刺客達。

　バルドドル王国ではアマリリスによくしてくれた侍女が、ティムリムのスパイであることを知って大きなショックを受けたこともあった。なんとか情報を吐かせると、アマリリスを生きたままティムリムに連れて帰ることが目的だと判明したそうだ。

　バルドドル王国にもミッドナイト王国には元々、ティムリムから亡命してきた民達がたくさん住んでいるため、誰がスパイとして潜り込んでいるのかを判別するのは難しい。

今まではなんとか未然に防ぐことはできたが、誰を信頼していいのかがわからずに不自由な生活を強《し》いられていた。

一緒に危ない目にあったジゼルは『気にしていないわ』と言ってくれたが、アマリリスは大切な人達をこれ以上、巻き込みたくないと思っていた。

ずっと国を閉じていたミッドデー王国にはティムリムの人間が入り込んでいる可能性が低いと思っていたが、突然裏をかかれることがあるため、常に緊張状態は続いていた。

アマリリスはミッドデー城で閉じこもりながら生活していた。ジゼルの提案で月に一度、ミッドデー王国にジゼルとミッチェルが会いにきてくれたり、アマリリスに頻繁に手紙を届けてくれた。


やはりバルドドル王国の騎士として育ったユリシーズや、星読みの少女に囲まれて予知によって守られているミッドナイト女王。そして太陽石を使い、強大な魔法の力を使うミッドデー国王と比べてしまえば誰が一番、狙われやすいかといえば間違いなく『アマリリス』なのだろう。

アマリリスの側にはミッドデー王国の女騎士ベルゼルカと魔法士マシューが付き、片時も離れず護衛をしていたが、それでも驚くような方法で隙をつかれてしまう。

今も見えない位置でアマリリスとユリシーズを守るために護衛達が待機していた。

ユリシーズは自由に動けないアマリリスに代わり、ミッドナイト王国やミッドデー王国を往復して、バルドドル王国とも連携を取っていた。そのお陰か、三国の繋がりはより強固となり今も良い関係を保てているもののティムリムの脅威は続いている。

（お父様もまだお母様がティムリムで生きているかもしれないという思いから強くは出られない。

ミッドナイト王国やバルドル王国はティムリムに対抗するような手立てはない……）

ミッドデー王国は太陽石による魔法の力でティムリムに勝るが、人質を取られている状態では下手に攻勢に出られない。魔法を抑止力にして侵攻を阻むくらいしかできない。


もっと他にいいやり方があったのではないか……そう思っても後手に回ってしまうことが多々あった。マクロネ公爵やエルマーやオマリ、バルドル国王にスペンサーやジゼルはアマリリスとユリシーズのためにたくさん協力してくれている。

（みんなのおかげで今がある。わたくし達がこうして一緒にいられるのもそうだわ）

表向きにはユリシーズと離れ離れになるのは寂しかったが、落ち着くまでは仕方ないと割り切っていた。

ユリシーズが襲われることはなかったが、食事に毒を仕込まれることも多々あったらしい。しかしバルドル王国の王太子であるスペンサーや第二王子のハーベイが護衛として側にいたおかげか、すぐに対処できたようだ。

それを聞いたアマリリスは咄嗟の出来事に備えて毒や怪我の対処法も学んでいた。薬師にも医師にも『アマリリス王女はそのようなことをせずとも……！』と、そう止められていたが自分だけなにもせずに待っているだけなんて、できそうになかった。

（わたくしだって、少しでもみんなの役に立ちたい）

そんな熱意に応えるように皆は、アマリリスにたくさんの知識を授けてくれた。

そして国が統合した途端、ティムリムは今までの騒ぎが嘘のように静かになった。それが不気味だったが、これを機に二人の時間を作れるようにと周囲が気を遣ってくれたことで、今回バルドル王国にある思い出の場所に来ていた。

(わたくしにもっと力があったら。どうにかできたらよかったのに……)

ふとした瞬間、アマリリスに後悔が押し寄せてくる。それはユリシーズも同じようだった。彼はアマリリスが安心して暮らせるように、日々考えてくれている。

「今日は楽しもう。折角《せっかく》、こうして二人で過ごせるのだから」

「はい。そうですね！」

ユリシーズはそう言って立ち上がった。アマリリスはユリシーズから伸ばされた手を掴んで頷いた。

久しぶりに訪れたマクロネ公爵邸ではジゼルとスペンサー、エルマーやミッチェルが迎えてくれた。

温かな空気に癒されながら、アマリリスはマクロネ公爵邸にある自分の部屋へ戻った。マクロネ公爵はアマリリスが過ごしていた部屋をそのままの形で取っておいてくれているようだ。

ララカと「懐かしいですね」と話をしながら温かい紅茶を飲んでから、辺りをゆっくりと見回していると様々な思い出が蘇《よみがえ》ってくる。一時は平民になりかけたアマリリスだったが、ユリシーズがアマリリスを救うために動いて結婚を申し込んだことにより運命が大きく変わった。

目まぐるしい日々を思い出すとマクロネ公爵邸でユリシーズ達と一緒に過ごせた時間は、今になってみると貴重だったのだろう。ララカは紅茶が入っていたカップをワゴンの上に載せて片付けてから「ゆっくり休んでくださいね」と言って去っていく。

ユリシーズはスペンサーとエルマーと話があるからとアマリリスは先に休むことになった。ミッチェルとジゼルはそれぞれ用事があるからと帰っていった。

（久しぶりにひとりで寝るのね……）

先程まであんなに賑やかで笑い声が響いていたのに、それが嘘のように部屋は静まり返っている。

それにいつもは隣にいるユリシーズの姿も今日はない。冷たいベッドにゴロリと寝転がると、その拍子にペンダントがカランと小さな音を立てた。ペンダントに魔力を込めると写真が映し出される仕組みになっている。ミッドデー国王と赤ん坊のアマリリス、そして消えた王妃、マヤの姿だった。少し日焼けした肌と赤茶色の髪は襟首のところで短く切り揃えられて前下がりになっている。暗く銀色の瞳と綺麗な唇、エキゾチックな雰囲気を感じさせる美女だった。色気があり、大人びているアマリリスによく似ているような気がした。

（……お母様、ごめんなさい）

アマリリスは瞼を閉じて、この先の未来が明るくなることを祈っていた。

バルドル王国で思い出の地を巡ったアマリリスとユリシーズはミッドデー王国に帰るために馬車に乗り込んだ。道中はユリシーズと今回の旅行について語っていた。

笑顔溢れる会話は馬車が急に止まったことで途切れてしまう。


「この音……何かあったのでしょうか？」

「様子を見てくる。アマリリスはここにいてくれ」

「はい。お気をつけて」

馬車を降りたユリシーズを追うように窓を覗き込んで顔を出す。周囲は信じられない数のティムリム兵達に囲まれていることに気づいて息を止めた。

すぐに剣がぶつかる重たい音が耳に届いた。アマリリスも馬車から出ようとするが、ユリシーズによって外から鍵がかけられており必死にドアを叩いたが開くことはない。

「――ユリシーズ様っ！」

窓に移動して名前を呼ぶとユリシーズと一瞬だけ目が合ったが、彼はすぐに視線を外して剣を振るった。これ以上は邪魔になってしまうと思い、身を退き震える唇を閉じる。アマリリスが外に出たところで足手纏《まと》いになることはわかっていた。

アマリリスの護衛であるベルゼルカやマシューも必死に応戦するが多勢に無勢。次々に追い込まれていく。アマリリスは唇を噛んで祈るように手を合わせた。

お忍びで、なおかつ細心の注意を払ってバルドル王国に来ていたはずなのに、どこから情報が漏れたのだろうか。

ベルゼルカやマシューが次々にティムリムの兵士達に囚われていく。ユリシーズの背がアマリリスの乗っている馬車に当たり、ドンと音を立てて馬車が揺れた。

「逃げてくださいっ！　お願い、ユリシーズ様だけでも」

「アマリリスは渡さない」

「ユリシーズ様には手を出さないで！　お願いっ」

その言葉と共にゴツンと重たい音が響いた。アマリリスの願いは虚しく、ユリシーズの腹部に剣が刺さり、体がゆっくりと下へ倒れていく姿が窓から見えて、アマリリスは口元を押さえて首を横に振った。崩れ落ちるようにしてその場にへたり込む。

「嫌……っ、そんな」

そんな時、カチャリと馬車の扉の鍵が開く音が聞こえた。同時に明るい光が差し込む。眩《まぶ》しくてよく見えなかったが、銀色の髪が見えた。真っ黒な布で口元まで覆われている男の赤い瞳が歪《ゆが》む。アマリリスは馬車に寄りかかるようにして倒れているユリシーズに駆け寄ろうとするが、すぐに髪を掴まれて捕らえられてしまう。

「嫌っ、離して……！　ユリシーズ様」

すぐに手当てすれば間に合うかもしれない。アマリリスは必死に叫んでいたが、口を塞がれ布が当てがわれる。くぐもった声で必死にユリシーズの名前を呼んだ。

「王子様には用はねぇからなぁ。急所は外したから死ぬことはないさ……たぶん。なかなか手強かったな」

楽しそうな声が耳に届いた。男を睨《にら》みつけるが、こちらに近づいてくる。アマリリスの顎を掴み、無理矢理視線を合わせた男は鼻で笑った。

「なぁ、お前は本当に〝願い〟が叶う力を持っているのか……？」

「……っ!?」

「ティムリム王がその力を欲しがっている。まぁ、オレ様は楽しければなんでもいいさ」

アマリリスも太陽石を使い魔法を使うことができたが、それは今まである魔法とは違い、珍しいものだった。手間は掛かるが今までにない魔法を生み出すことができた。何故それをティムリム王が知っているかはわからない。アマリリスは男を睨みつけたまま口を閉じていた。

隙をついてアマリリスの口を塞いでいる男を肘で殴り、ユリシーズの体を揺する。しかしユリシーズの反応はない。

まさか、と最悪な結末がアマリリスの頭に思い浮かぶ。それをかき消すように首を横に振った。しかし再び髪を引き上げられて痛みに顔を歪めた。

「ユリシーズ様、大丈夫ですか!?　返事をしてくださいっ」

「連れていけ」

「嫌っ、離して……！」

男の声が聞こえて、アマリリスは引きずられるようにして古い荷馬車に連れていかれる。しかし最後の抵抗とばかりに拘束されている腕に思いきり噛みついた。

「……痛っ」

力が緩んだ瞬間、アマリリスはユリシーズの元に駆け出した。そして咄嗟にユリシーズの持っている剣を拾って自分の胸元に突きつけた。

「近づかないでっ！」

「チッ……めんどくせぇな」

辺りには緊迫感が漂っていた。銀髪の男が不機嫌そうに舌打ちをする。この場で何をされると困るのかは先程の会話から理解していた。

「そんなことしても無駄だぞ？　その剣を今すぐ離せ」

「……嫌っ‼　わたくしは本気よ」

「クソが……」

膠着《こうちゃく》状態は暫《しばら》く続いた。アマリリスの剣を持つ手が震え始めた。助けを呼ぶために動いた瞬間、一斉に襲いかかるティムリムの兵士にアマリリスは一瞬だけユリシーズに視線を送り、剣に力を込めた。

（誰か助けて……！）

パキッと何かが割れる音と同時に胸元に痛みが走る。

そこから視界が真っ黒に染まった。

＊　＊　＊

『アマリリス、アマリリス……ッ！』

聞き覚えのある声が耳に届く。誰かに呼ばれているような気がしたが、まだ眠っていたくて、アマリリスは目を閉じて心地よさに身を任せていた。

『はぁ……まったく！』

「——きゃっ⁉」

額に弾《はじ》かれるような痛みがあり、アマリリスは飛び起きるようにして辺りを見回した。何度も瞬《まばた》きをしながら目を開くと、腕を組み堂々と仁王立ちしている女性がいた。

「……凛々《りり》！　久しぶりね」

『この私が何度も呼んでいるのに、目を開けないなんていい度胸ね』

苛立ちに眉を顰《ひそ》める凛々にもう一度指で弾かれたアマリリスは再び額を押さえた。

元アマリリス、今は〝凛々〟として日本で暮らしている彼女は、こうして夢の中を介して会いにきてくれていた。

以前はアマリリスが困っている時やここぞという時に助けてくれたのだが、結婚式の日からほとんど会えていない。何度かペンダントを握り、祈ってみても効果はなく、寂しさや不安を感じていた。アマリリスは凛々に頼ってばかりではいられないと気持ちを強く持っていたが、また会えたことに喜びを感じていた。

『相変わらず間抜けな顔ね。私の顔って、こんなにへにゃへにゃしていたかしら』

「凜々こそ、なんだか雰囲気が違うわ」

『そうかもね。今はとってもやりがいのある仕事をしているの』

「忙しかったから会いにきてくれなかったの？　結婚式から色々あって、それでねっ、凜々にはたくさん話したいことがあったのに！」

興奮したように言うアマリリスに、凜々がそっと唇に人差し指を寄せた。美しい仕草に艶《つや》のある肌。髪はくるくるとゴージャスに巻かれていて顔色もいい。身なりも高級感があるのは気のせいではないだろう。色気があり過ぎるのは中身が別人だからか。

アマリリスが黙ったのを見てか、凜々の真っ赤な唇が弧を描いた。そんな妖艶《ようえん》な姿に見惚《みと》れていると凜々はにっこり笑った後に口を開いた。

アマリリスが困っていたり、不安になったタイミングでこうして助けに来てくれるヒーローのような凜々は頼りになる相棒のような存在だった。

『結婚おめでとう。あなたのおかげでとってもいいものを見られたわ。アイツらの顔を見ていたら胸がスッとした。それにユリシーズとの結婚生活も順調なんでしょう？』

「え……？」

『照れなくていいわよ？　彼はあなたに惹かれた。そして大切にしてくれている。それでいいじゃない』

アマリリスはその言葉に大きく目を見開いた。先程まで何をしていたのかを思い出したからだ。

（……ここは？　わたくしはどうして夢の中にいるの？）

悲惨な光景が脳裏を過《よ》ぎり、アマリリスは頭を押さえた。

『あなたから私に会いにくるなんて、はじめてじゃないかしら？』

「……‼」

『どうやって夢の中に？　もしかして新しいあなたの力なの？』

凛々はそう言ってアマリリスの頭を撫でた。今までは凛々が一方通行のような形で会いにきていた。しかし、アマリリスから会いに行けたことは一度もなかった。

「違う……違うわ！」

『どうしたの、アマリリス。震えているわ』

「――ユリシーズ様がっ！　わたくし達は本当に……⁉」

アマリリスがそう言って俯《うつむ》いた後に手のひらを見た。徐々にあの時の感覚が蘇る。いつもと違うアマリリスの様子に凛々は首を傾《かし》げている。

『一体、何があったの？』

そう問いかける凛々に先程、起こったことを震える声で話していく。すると凛々から余裕のある表情が消えて『まさかそんなに時間が経っていたなんて嘘でしょう⁉』と、珍しく動揺しているようだ。

今までとは違い、アマリリスからここに来られたということは、以前のアマリリスと同じことが起きたと考えるべきなのだろう。

(あの時、わたくしはユリシーズ様の剣で……)

アマリリスはそっと胸を押さえた。あの後、ユリシーズやアマリリスがどうなったのか知る由《よし》もない。しかしアマリリスはユリシーズの無事を祈らずにはいられなかった。

『以前も話したと思うけれど、こうしてあなたと話せるのは私が持っている力があったからよ。でも私の力はどんどん弱くなっているのね』

「凜々の力が弱まっているの……？」

『ええ、そのうち私の力があなたに届かなくなるでしょうね』

「……！」

『まぁ、いいわ。あなたが持つ、魔法の力は確か……なんだったかしら？』

「わたくしは刺繍を通して願いを込められるの。どんな効果が出るのかは作ってみてからじゃないとわからないけど」

『刺繍ね……地味だわ』

「ハッキリと言わないで。結構、気にしているんだから！」

凜々の言う通り、アマリリスの力はミッドデー国王のように炎の力を使いこなせたり、護衛のマシューや他の魔法士達のように華《はな》やかなものではない。アマリリスの魔法は刺繍を通して効果を発揮する地味なものだった。

しかし魔法士達によれば新しい可能性を秘めた魔法らしく、どれほどの大きな効果を発揮できるかはまだまだ未知数だと言われていた。それと使い方によっては危険な願いも叶えられる可能性があるため、表向きには秘密にしていた。

他の魔法に比べると効果が出るまで時間が掛かるし、刺繍をほどこす地道な作業を必要とする。しかしアマリリスの願いによって今までできなかったことが叶えられるとあって、忙しい合間を縫って研究は今も続いている。

それに太陽石を使ってできる魔法には人によって属性のような種類があることがわかっている。元アマリリスには、時間に関する魔法を使える力があった。そして自身の死をきっかけにアマリリスは時を戻し、結果的に凛々とアマリリスの魂が入れ替わった。どうやらこの現象もアマリリスとペンダントの太陽石が強く働いた結果なのではないかと凛々は語った。

元アマリリスが牢の中で命が尽きた後に、リノヴェルタ侯爵家にあったペンダントが勝手に時を戻したということは俄かに信じられない話ではある。しかし太陽石は様々な力を持っていることはアマリリスも知っていた。

そして凛々は今までアマリリスが知らなかったペンダントの秘密について話してくれた。それはアマリリスがずっと願っていたことだった。

『毎晩わたくしを助けてって、ずっと祈っていたわ。それからこうも願っていた。わたくしがわたくしでなかったらって……。そのくらいあの家が嫌だったの。弱音を吐き出せたのはペンダントの前だけだった』

バルドル王国で育ったアマリリスが持っていた太陽石はこれだけなのだそうだ。

『考えたのだけれど、今もこうして特別にあなただけとは会話できるのは魂と肉体の繋がりが切れていないからだと思うの。凛々が住むこの世界で私が魔法を使うことはできない。だけどペンダントの太陽石は、まだこうして私とあなたを繋げてくれている』

アマリリスはペンダントを包み込むようにして握った。そしてアマリリスの意識が途切れる前にペンダントが砕け散ってしまったこと思い出していた。ふと、アマリリスは凛々の視線を感じて顔を上げた。

『アマリリス、よく聞いて。あなたにはとても感謝しているわ。だから残りの力を使って、あなたに協力する』

「協力……？」

『私がペンダントの太陽石の力を使って時間を戻すからユリシーズを救い、運命を変えなさい』

「…………っ⁉」

アマリリスはその言葉に大きく目を見開いた。唖然《あぜん》としていると、凛々は腕を組んでアマリリスに問いかけた。

『あなたは幸せになるべきよ。こんなところで終わっては駄目。そうでしょう？』

「でもわたくしには……！」

『できるわ。あなたになら』

「…………え？」

『アマリリス、今のあなたにならできるはず。そうでしょう？』

凛々の言葉にキュッと唇を噛んだ。

（もしも過去に戻ることができたら……）

アマリリスには後悔がたくさんあった。今まではみんなに守られて受け身ばかりでいた姿勢を崩して、こうした悲しみの連鎖を断ち切りたい。ずっとずっとそう思っていた。

凛々はそんなアマリリスの想いを見透かしているようだと思った。そしてもう一度、チャンスがあるのならばユリシーズを救うことができるのではないか……。

凛々はアマリリスの表情を見て察したのだろう。大きく頷いてからアマリリスが握っていた手の上からペンダントを握りしめた。

『その代わり、私とあなたの繋がりは消えるでしょう。最後に私が手伝えることはこれだけよ。もう二度と会うことはできない』

凛々の説明を聞いてアマリリスは言葉が出てこなかった。しかし凛々はにっこりと微笑んだ。

『これはあなたを巻き込んだ身勝手な私から、最後のプレゼントよ』

最後という言葉に無意識に首を横に振った。急にアマリリスになって驚いたけれど、この世界で大切な人達と出会い、ずっと望んでいた愛を得ることをできた。それは〝アマリリス〟のおかげだった。

　今までアマリリスを支え続けてくれた凛々と別れることになるのは悲しい。けれど、アマリリスはもう一度だけ与えられたチャンスを無駄にしたくないと思った。

『その代わり、どこまで時を戻せるかはわからない。上手くいく保証もないけれど、今はこの方法しかないでしょう？』

「凛々、本当にありがとう……！　わたくし、やってみたい」

『こちらこそ、あなたには感謝しているわ』

　アマリリスは最後の別れを惜しむように凛々と抱き合った。

　そんな時、ふとポケットの中に意識が向いた。アマリリスは凛々から体を離してポケットに入っていた刺繍入りの御守りを取り出した。

（どうしてここに……？）

　凛々を想って作った御守りはアマリリスが大好きだったマゼンタ色の布地に、黒と金の蝶の刺繍が施されていた。凛々に渡せないことはわかっていたため、ミッドデー王国にあるアマリリスの部屋の引き出しに置いておいたはずだった。

　しかしこの夢の中にあるということは間違いなく、凛々に渡せということなのだろう。アマリリスは御守りを手に取ると凛々へと渡す。

「凛々、これを受け取って！」

『これって……アマリリスが作った願いが込められた御守り？』

「そう。凛々を想って作ったものだから」

凛々は御守りを受け取ると嬉しそうに笑みを浮かべた。

『私が好きな色……ありがとう。大切にするわ』

一瞬、泣きそうだった凛々の表情は、すぐにいつも通りに戻ってしまった。そして凛々はペンダントを握って瞼《まぶた》を閉じた。淡い赤い光が漏れ出ている。

『時間がないわ。ペンダントを持っている私の手を握って』

「わかったわ」

『頑張って。アマリリス』

その言葉に大きく頷いた後に感極まって凛々に思いきり抱きついた。

最後まで助けてもらってばかりの凛々には感謝してもしきれない。涙を溢《こぼ》しつつも声を上げないように耐えていた。鼻を啜《すす》っていると、それを見た凛々はフッと悲しげに笑みを浮かべた。

『馬鹿ね。私のために泣くなんて……そんなあなたが大好きよ。アマリリス』

「凛々っ、わたくしも……っ！」

アマリリスの言葉を遮《さえぎ》るように辺りを眩《まばゆ》い光が包み込んだ。

＊　＊　＊

「気をつけて。アマリリス」

「……え？」

「アマリリス、どうかしたのか？」

アマリリスは辺りを見回した。見覚えがある景色はどこか懐かしい。呆然《ぼうぜん》としているアマリリスの前に「大丈夫か？」と声が掛かる。

伸ばされた手を見て、ゆっくりと顔を上げた。結《ゆ》わえた藍色の髪がサラリと揺れて、星のようなキラキラと輝く金色の瞳が真っ直ぐにこちらを見つめている。

(ユリシーズ様の髪は、もう金色のはずじゃ……？)

輝くような金色の髪はミッドナイト女王と同じ色だった。本人も髪色が変わったことに驚いていたのを今でもよく覚えているというのに。

「ユリシーズ、様……ですよね？」

「そんな顔をされると心配になる。言いたいことがあるならば言って欲しい」

状況が見えずにアマリリスがボーっとしていると、ユリシーズが心配そうにこちらを見つめている。

「このままでは気になってミッドナイト王国に行けそうにない」

困ったように顰められる眉とスッと通った鼻筋。形のいい唇が控えめに弧を描いた。女性に見間違われるほどの美しい顔立ちをどこか他人事のように眺めていた。

(もしかして、凛々の力で過去に戻って来たの？　本当に……？)

アマリリスは状況を把握しようと必死だった。凛々の力でどこまで過去に戻ってきたのか、それが一番重要なことではないだろうか。

（ユリシーズ様の髪色が違う。指輪は……していないわ。ということは、まだ結婚式は挙げていない。ここはマクロネ公爵邸？　今はバルドル王国にいるのね）

不安そうな表情で言葉を待っているユリシーズを見て、アマリリスの頬からは涙が伝う。

「……ごめんなさいっ、ごめんなさい！」

ユリシーズはアマリリスが泣き出したことに大きく目を見開いている。温かい手に触れるたびに本当に良かったという気持ちと、二度と手を離したくないと強く思ってしまう。

そしてまたこうして彼に触れられたことに心から感謝していた。

「アマリリス、急にどうしたんだ？」

「……っ、ユリシーズ様」

「先程まではあんなに楽しみだと言っていたのに……」

「なんでも、ないんです」

アマリリスは鼻水を啜りながらユリシーズに抱きついていた。今だけはユリシーズと離れたくないとそう思った。そして今から何をしようとしていたのか、状況を確認しようと問いかける。

「今日は初めてミッドナイト王国とミッドデー王国を訪問する日だが……」

「初めて、ですか⁉」

アマリリスはユリシーズのこの言葉である記憶を思い出す。

ユリシーズと別れて王女としてミッドデー王国に初めて行った日のことを。そうなるとかなり過去に戻ったことになる。

今からアマリリスの頑張り次第では、未来はいくらでも変えることができるのではないだろうか。ティムリムもまだアマリリスやユリシーズのことをほとんど知らない状態だ。しかしアマリリスは数年分の知識がある。これからいくらでも挽回《ばんかい》のチャンスがある。そう思うと俄然《がぜん》とやる気が湧いてくる。

「アマリリス、緊張しているのか？　もし体調が悪いのなら別日にした方がいいのではないだろうか？」

ユリシーズの声にハッと肩を揺らしたアマリリスは気合いを入れるためにバチバチと両手で頬を叩いた。今は泣いている場合ではないからだ。しかしユリシーズは慌てた様子でアマリリスの行動を阻止しよう手首を掴む。

アマリリスが顔を上げると、焦って眉を寄せたユリシーズと目が合った。少し固い手のひらが頬を包み込むように添えられた。

「そんなに頬を叩いたら赤くなってしまうぞ？」

「……っ！」

ユリシーズの顔を見ていると、アマリリスの瞳に再び涙が浮かぶ。涙が溢れないように必死に耐えていたアマリリスだったが、それを見て頬を叩いたことを邪魔されて泣いていると勘違いしたユリシーズはギョッとしてから「もう少し優しく叩いた方がいい」と困惑しながら言った。

今までユリシーズと築き上げてきた関係もなくなってしまったのは寂しい気もしたが、どんな時でもユリシーズはアマリリスを信じて支えてくれた。

「わたくし、精一杯頑張りますから！　もう後悔しないように」

「どうしたんだ？」

「ユリシーズ様のことを、今度こそ守ってみせますからっ！」

そう言って彼を思いきり抱きしめた。改めて言葉にすることで身が引き締まる思いがした。

ユリシーズはアマリリスが思い詰めていると思ったのだろうか。視線を交わしてから額を合わせた。

「俺にもアマリリスを守らせてくれ。愛している。今までも……これからもずっとだ」

「〜〜〜っ！」

その言葉に感激したアマリリスの瞳から涙が大量に溢れていく。

「うわあああぁあぁん、ユリシーズ様のばかぁ！」

「……⁉」

「わたくしの方がっ、わたくしだってユリシーズ様をっ……！」

「落ち着け、アマリリス」

あの時、アマリリスを最後まで守ろうとしてくれたユリシーズの姿を思い出すだけで悔しくてたまらない。困り果てているユリシーズの胸を叩いていた。すると横から明るい声が響く。

「ちょっと、ユリ……！　これはどういうこと？　見送りに間に合ったかと思ったら、アマリリスと喧嘩でもしたの？」

「……いや、違う」

「ちゃんと言葉にしないと伝わらないこともあるって言ったでしょう？」

「ジゼルお姉様……！」

アマリリスは涙と鼻水で汚れた顔を向けた。そして懐かしいジゼルの姿を見て目を見開いた。

「そんなに泣いたらミッドデー国王が心配するわよ？　もちろん、わたくしもね」

ジゼルはハンカチを取り出してアマリリスの涙と鼻水を拭ってくれた。数年後には子宝にも恵まれて幸せそうなスペンサーとジゼルの姿を思い出していた。

そしてマクロネ公爵とエルマーは朝早くから仕事があるため、ユリシーズの見送りができないことをとても残念そうにしていた。

昨晩、しとしととハンカチを濡らすマクロネ公爵をユリシーズが慰めていたそうだ。公爵は息子の成長を噛み締めているようだった。そして朝早くユリシーズと固い握手を交わして、名残惜しそうに屋敷を出て行ったのだ。

ジゼルも忙しい中、時間を作って見送りに来てくれている。マクロネ公爵家の温かさに改めて感動していた。

「すまない、アマリリス……言葉が足りなかっただろうか？」

「ユリシーズ様のせいではありませんから！」

「お願いだ。これ以上は泣かないでくれ」

「……ごめん、なさいっ」

ユリシーズの顔を見るたびに胸がいっぱいになる。ジゼルから借りたハンカチで再び涙を拭ったが、ユリシーズも心配そうに指で赤くなったアマリリスの目元を撫でた。

この時、アマリリスとユリシーズは触れては照れてを繰り返していたが、最近は少しずつ二人の距離は近づいて、こうして照れ屋だったユリシーズが自分からアマリリスに触れる回数も増えてきた。随分と恋人らしい距離感になって、ユリシーズも自分の気持ちを伝えようと努力してくれている。

互いの国と幸せのために茨《いばら》の道をユリシーズと共に進んで行きたいと決めて、そのための一歩を踏み出す時だった。辛く苦しい道のりでもユリシーズが隣にいてくれるのなら、どんなことでも乗り越えていけるような気がしていたのだ。


今日、アマリリスは故郷であるミッドデー王国へ初めて足を運ぶ。そしてアマリリスと同じようにユリシーズもミッドナイト王国へと向かうことになっていた。

遠足に行く前のようなドキドキ感を感じて、アマリリスは昨日から興奮して眠れなかったのだが、今は違った意味で緊張していた。引き継いだ記憶や知識を最大限に活用して、時間を無駄にすることなく動いていかなければならないと思っていたからだ。

今はミッドデー王国に向かうための馬車を待っている最中だそうだ。まずは国を知るために一カ月程、ミッドデー王国に滞在することになっている。


「あっ……！」

「どうした？」

アマリリスはあることを思い出して、辺りを見回していると、それに気づいたララカがアマリリスの側に駆け寄りあるものを手渡した。それはアマリリスの持つ『魔法』が初めてわかるきっかけになったものだった。

「ユリシーズ様、ミッドナイト王国にはコレを持って行ってください！」

「コレは……？」

「〝御守り〟と言います」

「……オマモリ？」

アマリリスが作った藍色の生地に金色の紐を使い、満月を見つめるウサギの刺繍が施されている可愛らしいサイズの御守りだった。

アマリリスから御守りを受け取ったユリシーズは不思議そうに見つめた後、すぐに目を輝かせた。

「これは……小さくて可愛らしいな」

「ミッドナイト王国をイメージして作りました」

「この丸い生き物が月を見上げるフォルムがなんとも言えないな。それに真っ白な糸が藍色の生地によく映えている。なんて繊細な刺繍なんだ。相変わらず素晴らしい出来栄えだ……！」

早口で刺繍を褒めちぎるユリシーズの和柄刺繍愛は相変わらず衰えない。食い入るように御守りを見つめているユリシーズの反応を見て、アマリリスはホッと胸を撫で下ろした。

アマリリスが御守りを作ろうと思ったのはちょうど一週間前だ。離れていてもユリシーズを側で感じられるものが欲しいと思い、材料をかき集めて記憶を頼りに試行錯誤しながら作った。御守りは満足のいく出来ではなかったがユリシーズの旅路がいいものになるように、またいつも側にいるよ、という想いを込めてお揃いで作ったものだった。

そしてアマリリスは自分用の御守りをユリシーズに見せた。

赤い生地に同じく金色の紐と輝くような太陽と黒いウサギが同じような構図で佇んでいる。

「わたくしの御守りもユリシーズ様とお揃いですから」

「そうか。お揃い……なんだか嬉しいな」

「ユリシーズ様に喜んでもらえてよかったです。御守りの中には……」

御守りの中に入っているものについて説明しようとした瞬間、遠くからよく通る声が聞こえた。

「――アーマーリィーリィスウゥゥゥッ‼」

「お、お父様⁉」

「アァッマァァッリィリィスウゥゥッ……！」

アマリリスの父であるエタンセル・サン・ミッドデー国王のド派手な登場である。馬車から身を乗り出しながらこちらに向かって大きく手を振っているミッドデー国王の朱色の髪が風に靡《なび》いている。金色の王冠や胸のネックレスやブレスレットなど、重々しい装飾品に囲まれており、赤と金に埋め尽くされてギラギラと光輝いている。

そして太陽石がこれでもかと埋め込まれた派手な馬車を見てアマリリスは懐かしさを感じていた。後ろにゾロゾロと続いている護衛の騎士達もローブを纏い同じように装飾品で飾られて眩しいくらいに煌《きら》びやかだった。

オレンジ色の髪をひとつに束ねた女騎士がミッドデー国王の後ろからこちらを見て頭を下げた。その隣から焦茶色のくるくるとした髪をした小柄な青年が人当たりのいい笑みを浮かべて会釈する。常にアマリリスの護衛として側にいてくれていた二人は女騎士ベルゼルカと魔法士のマシューだった。

(二人共……! よかった)

ティムリムの兵士達に襲われた時に、必死にアマリリスとユリシーズを守ろうとしてくれた二人の姿を思い出してアマリリスが涙ぐんでいると、ユリシーズとジゼルが馬車を見てしみじみと呟いた。

「いつも通り、ミッドデー国王は派手だな」

「……そうね。相変わらずの眩しさだわ」

確かにミッドデー国王は常に明るく派手で騒がしい。そしてアマリリスのことになると周りが見えなくなるのは相変わらずのようだ。

「会いたかった……! 我が国の宝、アマリリスッ」

「お父様、落ち着いてくださいませ!」

突進するようにこちらに迫ってくるミッドデー国王にアマリリスは目の前でパタパタと手を振って落ち着くようにアピールする。しかし彼は瞳を輝かせながらアマリリスの手を包み込むようにして握ると上下に揺らして喜びを露わにしている。

「今日も本当に本当に美しいぞ、アマリリス……！　さすがワシとマヤの娘だな。おっ、今日のドレスは薄紫色か。ワシもアマリリスのためにドレスを用意したんだ。それから見せたいものがたくさんあるんだぞ……っ！」

まるでユリシーズが刺繍を語る時のような早口と凄まじい勢いにアマリリスは体を仰《の》け反《ぞ》らせた。ミッドデー国王の勢いにアマリリスは驚くばかりである。

「わ、わかりましたから……！　お父様、落ち着いてくださいっ」

「おぉ、すまない！　ついにアマリリスが我が国に来ると思うと興奮してしまってな。ハッハッハー！」

豪快な笑い声が周囲に響き渡っていた。すっかりアマリリスの涙は引っ込んでしまう。ミッドデー国王はアマリリスを愛おしそうに抱きしめた。見上げると今にも泣きそうなミッドデー国王の表情にアマリリスは目を見張った。恐らくアマリリスと最愛の妻だったマヤとの面影を重ねているのだと思った。

「お父様、大丈夫ですか……？」

「ああ、もちろん大丈夫だぞ！　むっ……あの馬車はまさか」

ミッドデー王国の馬車の隣にミッドナイト王国の藍色と金色の細工が散りばめられた上品でシンプルな馬車が止まる。中から出てきたのはユリシーズを迎えに来たミッドナイト女王だった。険しい顔でミッドデー国王が乗ってきた馬車を見たかと思えば、ぽそりと呟くように言った。

「目がチカチカするおかしな馬車が止まっているかと思えば……やはり貴様か」

「なに⁉　あぁ……地味すぎるお前にこの馬車のよさがわかるわけないいか。いるかいないかもわからんかったぞ！」

「なんだと⁉　この馬車のどこが地味だと言うのだ！　夜空に星を散りばめたようなこの素晴らしい輝きが見えぬのか！」

「あー……何も見えんな。アマリリスの美貌が世界で一番、太陽のようにキラキラと輝いているから全てが霞《かす》んで見えるわい」

「わたしの息子のユリシーズの清廉《せいれん》とした繊細な魅力が貴様に理解できるはずもないがな！」

「なんだと……？」

「……ふんッ！」

　アマリリスはすぐに慌てて睨み合う二人の間に入り、ミッドデー国王に抱きつくようにして喧嘩を止める。ユリシーズも同様にミッドナイト女王の元に行き、手を出してから静かに首を横に振った。尚も恥ずかしいくらいに褒めちぎられながら喧嘩をする二人をユリシーズとアマリリスは馬車に押し込んでから扉を閉めた。そして振り返ってからユリシーズの側に駆け寄り肩口に顔を埋める。

「ユリシーズ様、どうか気をつけて……！」

「ああ、アマリリスも」

「わたくし、頑張りますから！」

固く抱き合って別れを惜しむアマリリスとユリシーズの姿を見て、ミッドデー国王とミッドナイト女王が反省している中、アマリリスはジゼルとも挨拶をする。


アマリリスはユリシーズにエスコートを受けながらミッドデー王国の馬車に乗り込んだ。そしてアマリリスが先程渡した御守りをポケットから取り出したユリシーズは「大切にする」と言って微笑んだ。アマリリスは窓から身を乗り出すようにしてユリシーズに手を振った。

馬車を見送るユリシーズとジゼルの姿が見えなくなるまで腕を振り続けた。アマリリスが窓を閉めて椅子に腰掛けた後にお揃いの御守りを見つめていると、ミッドデー国王は感心するように呟いた。

「ユリシーズ・マクロネはいい男だな。何よりアマリリスを深く愛している点が素晴らしい！」

「ふふっ、はい。ユリシーズ様は強くて優しくて、わたくしをとても大切にしてくれます。まるでお父様みたいですね」

「……アマリリスゥ！」

アマリリスが笑顔でそう言うと、ミッドデー国王は嬉しそうに瞳を潤ませている。アマリリスの目を真っ直ぐに見つめているミッドデー国王は優しくアマリリスの手を握った。

「アマリリスが幸せでワシも嬉しい。ユリシーズがミッドナイト王国の者だと思うと、なかなか声が掛けられなくてな」

「……お父様」

「ミッドナイト女王のこともそうだ。これでも抑えているつもりなんだ。ミッドナイト女王が国を閉じてからミッドデー王国のことを気に掛けてくれていたことも知っているのだが、どうも受け入れ難くてな」

「そうなのですね」

「昔からミッドナイト王国は敵だと言われて育ってきたからかもしれぬなぁ。困った困った」

二国の争いの歴史は長く、和平協定が結ばれたとしても納得できない国民がいたのは事実だった。アマリリスとユリシーズの結婚は全員に受け入れられたわけではない。しかし着実な一歩が前に進む近道になると今のアマリリスは知っている。固い表情のアマリリスを見てミッドデー国王は安心させるように肩に手を置いた。

「大丈夫だ。アマリリス……ワシもアマリリスとユリシーズの力になれたらと思っている。出来る限りのことをしたい。道のりは長く平坦ではないかもしれない。だが先が見えなくても手探りでも、一歩ずつ進んでいくことで必ずどこかで道は交わるだろう。頑張っていこう。アマリリス」

「はい……！　必ずわたくしが未来を変えてみせますから」

「…………？」

アマリリスは決意が口からポロリと漏れ出ていたことにも気づかずに手を握り込んだ。馬車に乗っている間、アマリリスは時間を無駄にしないようにと、今の国の情勢やティムリムとの関係を改めて聞いていた。

ミッドデー国王は「アマリリスがこんなに国のことに興味を持ってくれているとは！」と感心していたが、取り返しがつかなくなる前にどうにかしたいと必死だった。

途中で街に寄って休憩している際も、ギラギラと輝きを放つ馬車に民達は釘付けになっていた。

ミッドデー国王はバルドル王国の食べ物を物珍しそうに見ている。アマリリスとマヤがいなくなってからずっと国を閉じていたミッドデー国王には、全てのものが真新しく映るようだ。

「おお、我が国もあのような建物を取り入れてみようか。それにこの食べ物は日持ちがしそうでいいな。どれ、皆の土産にここにあるものを全てくれ」

今、アマリリスとミッドデー国王の周りは凄まじい量の騎士や魔法士達が取り囲んでおり、物々しい雰囲気になっていることを確認する。

（この時からお父様は周囲を警戒してアマリリスを守っていたのね。でもわたくしに悟られないように気を配っていた）

今回、ミッドデー王国にはララカも同行することになっているのだが、その凄まじい護衛の圧と数にひき気味だ。アマリリスのお茶は毒味役によって毒がないか確かめられてから運ばれてきていた。こうして知らないうちにアマリリスはずっと守られていたのだ。国境を越えてミッドデー王国に入ったアマリリスは気を引き締めていた。

ミッドデー王国では、バルドル王国にはない背の高く青々とした木がたくさん生え、見たことのないカラフルな花々が咲き誇っている。城に着くと、以前ミッドデー国王と共にいた男性が安心したようにホッと息を吐き出したあと、小走りでこちらに近づいてくる。

「陛下、寄り道をしましたね⁉　到着時間が遅れたので心配しましたぞ！」

「珍しいものがたくさんあってな。これは土産だ。皆に配ってくれ」

「それに時間よりも早く出ていくなど……！」

「アマリリスに早く会いたくてな。すまんすまん」

宰相は「仕方ありませんね」と言って溜息を吐いた。そして護衛達を労《いたわ》るように声を掛けていく。

「アマリリス王女、ミッドデー王国にようこそお越し下さいました」

「お帰りなさいませ。アマリリス王女」

「アマリリス王女っ！　まさかこんな日が来るなんて」

口々にアマリリスを歓迎する声を上げる人達を見て、以前もミッドデー王国の人達は温かくアマリリスを迎えてくれたことを思い出す。

「ああ、本当に夢のようです……！　明るくて太陽のような雰囲気が陛下とそっくりですな」

「ははっ！　そうだろう？　ワシの自慢の娘だからな」

ミッドデー王国でよくある髪と瞳の色を持つアマリリスは、パッと見るとミッドデー国王によく似ているかもしれない。

だが、少し吊り目なところや美しい顔立ちはアマリリスの母親であるマヤによく似ているような気がした。


（お父様はティムリムでお母様が生きている可能性があると知ったら、ティムリムに対して大きく出られないわよね）

これからアマリリスはどうにかして、ティムリムに対抗する手段を考えなければならない。

思い詰めた様子のアマリリスをミッドデー国王が心配そうに見つめていることにも気づくことはなかった。そしてアマリリスはミッドデー国王と宰相に様々な人を紹介してもらいながら城を案内してもらっていた。

中にはアマリリスの姿を見て泣き崩れる人もいた。アマリリスは一人一人優しく声を掛けていく。

ミッドデー国王は、アマリリスと王妃だったマヤがいなくなった後に国を閉じて他国との交流を絶った。しかしアマリリスとの再会後には再び国を開いて、他国との貿易を再開するための準備を行っているそうだ。忙しそうに資料を持って城を行き交う人々が目についた。

そうなる前までは温かい気候ならではの観光業や太陽石を始め、様々な鉱石をアクセサリーに加工して輸出していたそうだ。アマリリスに説明をしていた宰相の足が豪華な扉の前で止まる。そしてにこやかな笑顔でミッドデー国王を見ている。

「さて陛下、仕事が溜まっておりますよ」

「アマリリスが国に来たばかりだぞ⁉」

「そうでございますね。アマリリス王女は我々に任せて机に向かってくださいませ」

「嫌だっ！　アマリリスと共にいる。折角、アマリリスとの時間があっ」

ミッドデー国王はアマリリスを迎えに行っている間に溜まった仕事を片付けなければならないらしく「アマリリスウゥゥ……！」と名残惜しそうに手を伸ばし叫びながら引きずられていった。

アマリリスと共にミッドデー王国にやって来たララカも色々と覚えることがあるようで、ミッドデー城で働く侍女達と共に城を回り、アマリリスの世話ができるように準備をしてくると行ってしまった。

ララカはアマリリスと共にいることで年々、逞しさが増していった。今はまだ可愛らしいララカの姿を見て懐かしさに浸っていたアマリリスは、案内されるままミッドデー王国の特産品の一つである紅茶を飲んでいた。鼻に抜けるフルーティーな香りに心まで華やいでいく。

そんな時、宰相が「そろそろ陛下が抜け出そうとする頃合いですかね」と白髪が混じった髭に触れながらも様子を見に向かった。シンと静まり返った部屋の中でアマリリスは後ろを振り向きながら口を開く。見慣れた顔ではあるが、今は初対面だ。

「ごきげんよう。わたくしはアマリリス。あなた達は……？」

「私は騎士団の団長の娘、ベルゼルカです。アマリリス王女を護衛するために本日からお側に仕えさせて頂きます。この命にかけてアマリリス王女を必ずお守りしてみせます。よろしくお願い致します」

　無表情のまま淡々と答えたのは長いオレンジ色の髪を一つに束ねて、猫目で背が高く美しい少女だった。カッチリとした騎士服を着て胸元には太陽のバッチをつけているベルゼルカはアマリリスの前で丁寧に頭を下げた。当時はベルゼルカの圧に引き気味だったが、今では頼もしい存在だということを知っている。

　その隣にはタレ目でくるくると焦茶色の癖っ毛の可愛らしい青年がいる。白地にオレンジ色の不思議な模様が描かれたローブを着て、腕や首元には大量の魔法石をつけている。

「マシューです。このミッドデー王国の魔法士の長を勤めております」

　魔法士はミッドデー王国で太陽石を介して様々な魔法を使うことができる者の総称だった。使える種類は人それぞれだが、特に上手く太陽石を使いこなせる魔法士は、様々な任務に派遣されたり護衛などを行っている。

「魔法の強さは人によって違いますが、アマリリス王女もその血を色濃く継いでおられます。どんな力があるのか楽しみですね」

　マシューの言葉を聞きつつ、アマリリスは唇を引き攣《つ》らせて苦笑いを浮かべた。元アマリリスは確かに素晴らしく大きな力を持っていた。しかし今のアマリリスの魔法は使い勝手はいいとは言えず、凛々も言っていたが時間もかかるし地味である。この頃のアマリリスはまだペンダントから家族写真を出せるくらいしか満足に魔法を使えなかった。


そしてアマリリスはマシューに対してあるお願いをする。

「マシュー、わたくしに魔法を教えてほしいの！　できれば今すぐにっ」

「今すぐ、ですか⁉」

「色々と確かめたいことがあるの！　わたくしにはお父様のような力はあるのかしら？　他に何ができると思う？　いろんな魔法が使えるか確かめたいの！」

「お、落ち着いてください！」

マシューはアマリリスの勢いに驚いているが、アマリリスは刺繍以外の魔法しか使えなかった。以前はそれでいいと思っていたが、今回は違う。練習すれば少しは炎が出せたり、攻撃魔法が使えるかもしれない。少しでも多くの可能性を見出したいと思った。

それにマシューが魔法オタクで優秀な研究者だということは知っている。アマリリスの願いを刺繍を通して叶えてくれる魔法は前例がなく、マシューは嬉しそうに研究していた。今までは国の統合に忙しくそれどころではなかったが、少しでも力を蓄えたいと思っていた。


アマリリスの目的はティムリムの脅威から大切な人を守ることだ。

（自分のことを守れるくらい強くなりたい！　もう足手纏いにはなりたくないもの）

今まで貴族として暮らしてきたアマリリスにはユリシーズのように剣で戦うことはできない。だが魔法ならば多少非力だとしても役に立てるかもしれない。

ティムリムが何も知らない間にアマリリスが力をつけていけば、返り討ちにすることだってできるのではないかと考えていた。

（今のわたくしだからこそ、できることがあるもの）

アマリリスが力をつけること、これが確実な方法だと思っていた。

（あとはティムリムの思い通りにさせないために、どう動けばいいのか……もっと真剣に考えていかないと）

そのためにはミッドナイト王国とミッドデー王国との連携を早く取ることが鍵になるような気がしていた。今から送り込まれる刺客達を躱《かわ》しながら、アマリリスは国の統合と結婚式までに大きな問題を乗り越えていかなければならない。それにこんな奇跡は二度とない。

（もう後悔だけはしたくない……！）

それに何度も執拗にアマリリスを拉致《らち》しようとした理由も気になっていた。アマリリスが弱いからだと思っていたが、ベルゼルカやマシューが護衛で常に側にいたこともあり、何度も返り討ちにされているのに諦めなかったのはアマリリスを脅しに使えることと、アマリリスの願いを叶える魔法に興味があったのだろう。

『ティムリム王がその力を欲しがっている』

襲われた時にリーダー格の男が言っていた言葉だ。

（ティムリム王は、わたくしの願いを叶える魔法を使って何かをさせようとしていたのかしら……）

ティムリム王は残虐で容赦がないと聞くが、アマリリスだけは利用するために生かしておくつもりだったのだろうか。

アマリリスはマシューにティムリムのことや今のミッドデー王国の現状について聞いていたが、次第に話はアマリリスとマヤが消えた後、国がどんな状況にあったのか……ミッドデー国王からは語られなかった話を聞いた。

いつもの明るい姿からは想像できないほどにミッドデー国王は元気をなくして、見ているこちらが痛々しいほどだったという。国中、捜索されたがアマリリスもマヤの姿もどこにも見つからなかった。二人の行方を追うものの手掛かりは掴めない。皆、愛する王のために必死に動いていたが、そんな努力は虚しくアマリリスとマヤが見つかることはなかった。そしてアマリリスは何も知らないままバルドル王国の孤児院で育ったのだ。

『太陽が消えた日』

アマリリスとマヤが消えた日をミッドデー王国ではそう言っていたそうだ。そしてミッドデー国王は「これ以上、大切な家族達を失いたくない」と言って国を閉じた。ミッドデー国王の心情を汲んで国民は従った。今までの賑やかさは消えて、とても静かだったらしい。

あんなにも国中を飛び回っていたミッドデー国王は城から出てこなくなり姿を見せなくなった。数年間の月日を得て再びミッドデー国王が動き出すのと同じように国に活気が戻っていったそうだ。


「そしてアマリリス王女がバルドル王国にいることがわかったんです。その時のミッドデー国王の様子は……」

「マシュー、恥ずかしいからそれ以上言わなくていいぞ」

マシューの話に耳を傾けていると、ミッドデー国王が扉をそっと開けて部屋の中へ入る。

「お父様……！」

「会いたかったぞ、アマリリス……！」

「まだ一時間も経っていませんけど……」

「陛下！　父上からよく逃げられましたね？」

「おお！　やはり太陽石で影武者を作っておいて正解だったな」

「さすが陛下ですね。父上にバレないように影武者を作るとは」

「そうだろう？　ハッハッハーッ！」

マシューはパチパチと手を叩いて褒め称《たた》えているが、後々宰相に怒られる未来しか見えない。

心配そうにミッドデー国王を見ると「大切な書類にはちゃんとサインしたぞ？」とペロリと舌を出しながら無邪気に親指を立てている。

どうやらアマリリスと一緒にいたいという思いからか急いで来たようだ。ミッドデー国王は取り繕っているが、アマリリスの姿を確認してホッと息を吐き出したことを見逃さなかった。これも今だからこそわかることだろう。

（お父様、〝アマリリス〟に何かあると思うと気が気じゃないんだわ）

平然を装っているが、アマリリスが心配そうにミッドデー国王を見ていると「安心してくれ！ベルゼルカとマシューをアマリリスの護衛として常に側にいられるようにバルドル国王に申請中だ。これでバルドル王国に戻っても安全に暮らせるぞ」という徹底っぷりである。

過保護だと思っていた行動にも、ちゃんと意味があることがわかる。そしてベルゼルカとマシューはこの日からアマリリスの護衛として毎日、一緒にいることとなる。そんな話をしていると宰相が影武者に気づいたのかカンカンに怒って部屋を訪れた。

魔法が飛び交うミッドデー王国はバルドル王国と比べると全く違う世界に見える。

その日の夜、アマリリスはララカと話をしていた。ララカは城の侍女達とすぐに打ち解けたらしく「アマリリス様が快適に暮らせるように頑張ります！」と気合い十分だった。

「お疲れ様、ララカ」

「バルドル王国よりも肩肘張らなくていいというか、皆さん気さくで明るくていい国ですね。とても賑やかですし」

「ふふっ、そうね」

「まさかアマリリス様が王女様だったなんて、私達の出会いを考えると信じられないくらいですね」

ララカはアマリリスの髪を櫛で梳《と》かしながら笑みを浮かべている。アマリリスもしみじみと過去を思い出していた。

処刑されるかされないか、その瀬戸際でアマリリスとなり、ユリシーズやオマリ、フランとヒート、ララカと出会ったことで大きく運命が変わった。それに牢の中では呑気に働かなくていいと幸せに浸っていたことを思い出す。

「それにしても、すごく豪華……というよりは煌びやかなお部屋ですね」

「そうね」

ララカの言う通り、アマリリスの部屋の中は色々と光り輝いていて落ち着かない。主に金と赤で彩られた部屋の中はミッドデー国王らしい気もした。

「暫くはお父様の好きにさせてあげようと思うの」

「そうですね！　アマリリス様のことが大好きだって気持ちが伝わってきますもの。私も負けていられません」

「ララカ……」

日を増すごとにララカのアマリリスへの溺愛っぷりが増していくのは気のせいではないだろう。アマリリスが知らないうちにメキメキと侍女として逞しく成長していた。

「今回の滞在は一カ月だったかしら」

「ふふっ、わかっていますよ？　ユリシーズ様が恋しいのですね」

「もちろん！　もうユリシーズ様に会いたいと思うわ」

「きっとユリシーズ様もミッドナイト王国でそう思っていますよ」

二人で笑い合いながら話していると、扉を叩く音が聞こえて返事をすると騎士達を率いたベルゼルカが部屋の中に入ってくる。

「お話中、失礼いたします。今晩もアマリリス王女の護衛を任されております。扉の外におりますので何かあれば声を掛けてくださいませ。では、おやすみなさいませ」

きっちり九十度に腰を折り、再び顔を上げたベルゼルカは扉を閉める前にもう一度お辞儀をして去っていく。

今はベルゼルカの可愛らしい部分をたくさん知っているからか大きな違和感を覚えていた。

（あのベルゼルカが可愛いものが大好きで、誰よりも中身が女の子らしくピュアだなんて今は思わないわよね）

バルドル王国に一緒に帰る度によくジゼルに着飾られていたことを思い出す。騎士の姿とドレス姿の違いにギャップがあって可愛らしいのだ。

ララカが「慣れない場所でお疲れでしょうから、ゆっくり休んでくださいね」と言ってワゴンを引いて部屋の外に出た。

しんと静まり返った部屋の中をアマリリスは見渡した。煌びやかな装飾品、所狭しと並べられているぬいぐるみや可愛らしい柄のカーテンなど、今のアマリリスには少々子供っぽいものばかりだ。

当時は派手だなと思っていただけだったが、これら全てにミッドデー国王の気持ちが込められていることに今ならば気づくことができる。

懐かしさを感じながら、アマリリスは胸元のペンダントを持ち上げて、太陽石を握りながら魔力を流し込んだ。浮かび上がる三人の写真を見ているとペンダントに嵌め込まれている太陽石がキラリといつもと違う光り方をしたような気がした。

アマリリスはその光に導かれるようにして立ち上がった。部屋の隅に隠れるようにして置いてある小さな宝箱を見つけて持ち上げる。

蓋の上の部分にはペンダントと同じく純度が高い太陽石が組み込まれていた。アマリリスはその小さな宝箱を手に取った。振ってみると重たい音が鳴った。

（これは何かしら。お父様に聞きに行きましょう）

すぐにミッドデー国王の元へと持っていくと、彼はアマリリスを見て満面の笑みを浮かべた。箱を渡すと彼は大きく目を見開いてから宝箱を眺めていた。そしてアマリリスにあることを話してくれた。

「実は……マヤはティムリムの元暗殺者でな」

「…………!?」

「ティムリムから逃げてきた民の中に紛れてミッドデー王国にやってきた。城で働きながら周りの信頼を得ていったんだ。今もよくティムリムがやるやり方だな」

「そうですね」

「マヤは美人で料理が上手くて優しくて器量もよく皆に慕われていた。ワシはマヤに一目惚れしてからは夢中だった。しかしいくら熱烈にアピールしてもマヤは振り向かなくてなぁ」

「お父様……」

「全力でアピールした！　ワシはマヤに好きになってもらおうと躍起になったんだ。だがマヤはワシにだけは氷のように冷たい視線を送ってきた。そこがまたいいんだが」

ミッドデー国王のマヤに対する過激な愛情は気になるところだが、熱量だけは伝わっていた。

初めて聞く二人の馴れ初めは衝撃の連続だった。

「そしてある夜……ワシの部屋に忍び込んでナイフを首に突きつけたんだ」

「……えっ⁉」

「だがマヤはワシの首にナイフを突きつけたまま涙を流して手を止めた」

「そんなことが……」

「ワシは確信した！　本当はマヤもワシを好いているのだとっ！　そのまま結婚を申し込んだら、やっとオッケーしてもらったという訳だ！　ハッハッハーッ‼」

ミッドデー国王はあっけらかんと語り、豪快に笑ってはいるが、なかなか普通では体験しづらいプロポーズにアマリリスは開いた口が塞がらなかった。

ミッドデー国王が小さな鍵を持ってきて、宝箱を開けると中には複雑な模様が描かれたナイフが入っていた。柄は少し錆びていて、カバーには見たことない不思議な絵柄が彫られている。ほんの少しだけ香辛料のような異国の匂いがした。

ティムリムは作物も育ちづらいため貧しい生活を強いられているそうだ。バルドル王国がティムリムにコンタクトを取りながら、なんとか交渉しているが度々騒ぎを起こしている。

残虐な国王が国を支配しており、自国民をスパイとして育てた後に他国へと送り込む。その目的はハッキリとわかってはいないが、おそらく領地を広げる機会を狙っていると言われている。

その反面、ティムリム王のやり方に耐えられずに命からがら逃げてくる者も少なくはない。命懸けで逃げてくる人達を追い返す訳にもいかずに受け入れるしかない現状だった。国から出た者がティムリムに戻れば裏切り者として処刑されてしまうからだ。無力な人々の中にスパイや暗殺者が紛れていないかどうかを判別するのはとても難しい。

アマリリスがナイフを見て、考え込んでいると……。

「これはアマリリスが持ってるといい」

「お母様のものですよね？　わたくしが持っていてもいいのですか……？」

「国の統合に向けて国が動きつつある今、混乱を狙っていつティムリムが仕掛けてくるかはわからない。身を守るためにも持っていた方がいい」

「……はい、お父様」

「マヤもアマリリスに渡すつもりでこうして部屋に置いていたのだと、そう思いたいのだ」

アマリリスはミッドデー国王から短剣を受け取った。見た目は可愛らしいのに、ズッシリと重たくてアマリリスは身が引き締まる思いがした。

第二章　新しい未来を手にするために

次の日、朝早く起きたアマリリスは町に出ても浮かないように簡素なワンピースに着替えていた。

ミッドデー国王の言葉通り、部屋のクローゼットには端から端までドレスやワンピースが大量に用意されていた。

バルドル王国から着替えは持ってきたのだが、折角だからと用意してもらったものを着ようと思い、オレンジ色の生地に鮮やかな花が描かれたミッドデー王国らしいワンピースを着用した。キラキラと不思議な模様の刺繍がウエスト部分にあり、民族衣装のような雰囲気で色も派手だが、ミッドデー王国ではこのくらいの華やかさは普通だそうだ。

部屋の外で待っていたマシューとベルゼルカに「行きましょう」と声を掛けてから城を出た。まだアマリリスがミッドデー王国を訪れていることは公《おおやけ》にはなっていない。もし民達にアマリリスがここにいることがバレれてしまえばお祭り騒ぎになるということで、なるべく姿を隠すようにツバの大きい帽子を被って顔を隠しながら歩き出した。

バルドル王国とは違い南国のリゾートを思わせるような木々や温かい風。カラフルな店が連なっている活気のある町を見回していた。

（記憶によれば、あそこに行きたい店があるはず。あの店にも寄りたいし……）

いつもならば町を見て大興奮で目を輝かせるアマリリスの反応が薄いことにララカは違和感があったようだ。

「いつものアマリリス様なら〝今度はユリシーズ様とこの景色を一緒に見たい〟と言いそうだと思ったのですが、今日はなんだか冷静というか、らしくないですね」

「そ、そんなことないわ！　丁度、ユリシーズ様と歩いてみたいと思っていたのよ！」

アマリリスはララカの言葉に何度も頷いた。今のアマリリスの記憶の中では見慣れた景色になっていたが、いつもなら初めて来た場所ではしゃいでしまい、ララカに怒られる場面だろう。

（いつも通りに振る舞わないと、ララカに疑われてしまうわね……！）

今頃、ユリシーズもミッドナイト王国に到着して、新しい景色を見ているはずだ。アマリリスはにっこりと笑みを浮かべながらララカに声を掛けた。

「ララカ、折角だからジゼルお姉様やユリシーズ様にもお土産を買っていきましょう！　もちろん、フランやヒート、オマリにも。何がいいかしら」

「そうですね……フランとヒートにはジャムなんてどうでしょうか」

「いいわね！　色々なフルーツがあるから、どんなジャムができるか楽しみね！」

店を覗いてジャムにできるような果物を探していた。他にもフランとヒートが喜びそうな食材が多くあり、アマリリスは初めて見るフリをしながらララカと野菜や果物を選んでいた。道沿いを歩いていくと肉の焼けるいい香りと甘いソースの匂いが届いてくるのと同時にグゥとお腹が鳴った。

「とても美味しそうね。食べてみてもいいかしら？」

するとベルゼルカが背後から現れてアマリリスを制止する。

「陛下に許可を頂かないといけません。今度は毒見役を連れてきますので、今は我慢してくださいませ」

「……毒見役」

アマリリスはそう聞いて眉を顰めた。やはりこういう言葉を聞くと、アマリリスが『王女』であることを自覚するのだ。そしてユリシーズが『王太子』だということも。

（アマリリスになる前はあんな貧乏な生活をしていたのに、牢の中とマクロネ公爵邸で三食昼寝付き生活をして次はミッドデー王国の王女になった……人生って何があるかわからないわよね）

アマリリスになってから目まぐるしい日々を送り過ぎていて正直、まだまだ心は追いついていない。王家主催のパーティーの前、凛々に淑女としての振る舞いを教えてもらったばかりで王女としてもまだまだである。しかしユリシーズは王太子として堂々と振る舞っていた。

（ユリシーズ様は、いつも夜遅くまで勉強してたもの……）

彼ならば素晴らしい王になれるだろうと周囲も期待していたのに、まさかあんな結末を迎えるなんて思いもしなかった。

（わたくしも体を鍛えたり、魔法を勉強したり、今のうちにやることはたくさんあるわ！　オマ

りとの筋トレを思い出すのよ‼)

アマリリスは気合いを入れつつも、露店の匂いにじゅるりと涎《よだれ》を啜った。ぐるぐると鳴るお腹を押さえて首を横に振ってから再び歩き出す。

そしてアマリリスはある店を見つけて飛び込むように駆け込んだ。それは布や糸が置いてある手芸店で、足繁く通っていた場所だった。アマリリスらしく自然に振る舞わないと、と思いつつアピールするように声を上げた。

「見て、ララカ！　こんなにキラキラした布と糸は初めてね」

「そうですね！　バルドル王国では見たことがない布や刺繍糸がたくさんありますね」

ミッドデー王国の明るくカラフルな雰囲気と同じように、鮮やかな布と糸がキラキラと輝いて見えた。

「細かく砕いた鉱石を混ぜ込んでいるそうですよ。巷《ちまた》では願いが叶う糸と言われていますね」

刺繍糸に釘付けになっていると横からマシューがそう教えてくれた。以前は遠慮もあり買い物をせずに町を見て回っただけだったが、今回は色々と買い揃える気満々でやってきた。

(願いが叶う糸……！　どうにかこの糸を手に入れなくちゃ)

この刺繍糸を使うと魔法の効果が強くなるのだ。アマリリスは刺繍糸を見て大きく頷いた。

「わたくし、この布と刺繍糸がたくさん欲しいのだけれどいいかしら？」

「もちろんですよ。陛下からアマリリスの好きなものは何でも買ってあげて欲しいと言われておりますので」

「お父様はわたくしを甘やかしすぎではないかしら？」

「まだまだ全然足りないと言っていましたよ。元々、とても愛情深いお方ですが、アマリリス王女に関しては更に暴走している感じですね」

「そうよね……」


苦笑いをしながらもその言葉に甘えて、気になる刺繡糸や珍しい質感の布を大量に購入した。

「これでたくさん作れるわ！」

喜ぶユリシーズの顔が目に浮かぶようだ。それにまだこの段階ならば、誰もアマリリスの魔法を知らない状態だ。もちろんティムリムにも知られていない。

（この頃は、まだわたくし達は国の統合に向けて動き出したばかりだもの。今から準備すれば確実に向こうの思惑を阻止できるわ）

そして次の目的地に向かうためにベルゼルカとマシューにあるお願いをする。初対面で厚かましいかもと思ったが今は遠慮をしている場合ではない。

「わたくし、まだまだ行ってみたいところがあるの！　いいかしら」

「はい、もちろんです」

「どこでしょうか」

アマリリスはある山の上を指差した。しかし二人はアマリリスの指差す先がただの山であることに驚きを隠せないようだ。

「あそこは……山ですが」

「ええ、山ね！」

「宝石店やドレスが買える店はこの先ですが」

「いいえ。わたくしはあの山に登りたいの！」

「えっと……」


「僕の勘違いでなければ、アマリリス王女はバルドル王国で貴族の令嬢として育ったと伺いましたが……」

「ええ、そうなの！　でも今は色々なことに挑戦して、ミッドデー王国のことをよく知りたいと思っているわ！」

アマリリスの前向きな気持ちにベルゼルカとマシューは嬉しそうだ。ララカに先に刺繍糸や布を持って城に戻るように頼んでから気合い十分で山へと登る。体格もよく、騎士として常に体を鍛えているベルゼルカは涼しい顔だ。

マシューはフラフラと覚束《おぼつか》ない足取りでついてくる。アマリリスは荒い息を吐き出しながらも山を登っていた。

「もし辛いようなら私がアマリリス王女を抱えて運びますが……」

「ありがとう、ベルゼルカ。でもわたくしは大丈夫よ！　それとベルゼルカは毎朝トレーニングをしているでしょう？　明日からわたくしも一緒にいいかしら？」

「……!?」

ベルゼルカはキョトンとしながらアマリリスを不思議そうに見ている。マシューに「アマリリス王女は何を目指しているのでしょうか？」と問いかけられて肩を揺らした。そして「強い女性を目指しているの！」と適当に誤魔化しながら足を進めていた。本当の目的を言えば、アマリリスはまた以前のように、ずっと城で過ごさなければならないだろう。

「もうすぐ頂上です。頑張ってください」

「はぁ……はぁ、なかなかハードね。今度はキチンとした格好でこなくちゃ」

アマリリスが頂上に到着すると足がガクガクと震えていた。手早く汗を拭ってから辺りを見回すと、目的のものが大量に生い茂っていることに喜びを感じていた。

「少しだけ待っていてね。すぐに終わるから」


アマリリスはその場にしゃがみ込んで迫力がある和柄が刺繍されているハンカチを広げた。アマリリスは丁寧に土を払いながら、あるものをハンカチの上に綺麗に並べていく。アマリリスの行動が理解できずに、ベルゼルカとマシューは首を捻《ひね》っていた。

「あの……アマリリス王女」

「あっ！　これもいいわね」

「一つ、質問したいことがあるですがよろしいでしょうか？」

「いいわよ！　これは美味しいのよね。懐かしいわ」

「何を……していらっしゃるのですか？」

アマリリスの手には青々とした野草が握られている。

「二人とも、見て見て！　この草はバルドル王国にもあったんだけど、天ぷらにするととても美味しいのよ。草は匂いも見た目もヨモギに似ているけどお団子にしたら苦くて食べられなかったわ」

「テン、プラ？」

「……オダンゴ？」

「あっ、こっちの草は色々と使えるのよね！　マシュー、ベルゼルカ。この草は城に持ち込んでもいいかしら？」

「………はい？」

「持ち帰ってすぐに解毒剤を作りましょう。これも解熱薬に必要で、こちらは塗り薬に使うと万能なのよね」

「「……!?」」


ベルゼルカとマシューは野草を食べようとするアマリリスを見ながらあることを思っていた。

アマリリスが野草を食べたいと思うほどにお腹が空いていて、先程の露店の串焼きがどうしても食べたかったのだろう、と。

まるで絵画から飛び出してきたような美しく可憐なアマリリスが俄然興味を示しているもの

……それは今まで見てきた年頃の令嬢達とは違い、ドレスでも宝石でも花でもなく野草である。

ただの野草を採っては、食べられるか食べられないか、どんな薬になるのかを吟味《ぎんみ》しながら嬉しそうにしているのが不思議で仕方なかった。

しかしこの突拍子もないことをやり出すところがミッドデー国王にそっくりだと思っていた。

一通り満足したのか、山盛りになった野草をハンカチで包んで片手で持ちあげたアマリリスは額の汗を拭いながらフーッと満足気に息を吐き出した。

そんなことを二人が思っているとは露知らず、ワンピースについた土を払いながらもアマリリスは大量に取れた野草に満足していた。

（やっぱりこの時期は野草がたくさんあるわね。思った通りだわ）

これで薬を作ることができると安堵して、自慢げにマシューとベルゼルカに野草を見せる。突然、野草を差し出されたマシューはギョッとしてアマリリスとハンカチに包まれている野草を交互に見ている。

「たくさん採れたのよ……！」

キラキラと瞳を輝かせるアマリリスを見て二人はどう反応すればいいのか戸惑っているように見えた。

「アマリリス様は、ミッドデー王国には初めて来たんですよね？」

「へっ……!?」

アマリリスはマシューの言葉に肩を揺らした。魔法士のマシューはいつもニコニコして隙が多いように見えるが、よく周りを見ているし、勘《かん》が鋭い。まだアマリリスと会ったばかりなのにも関わらず、見透かされているような気がしていた。

数年後には宰相のようにアマリリスが何かをしようとすると未然防いでくるのだが、この時からその片鱗はあったようだ。

そしてベルゼルカも最初は遠慮気味でアマリリスには優しかったのに、慣れた頃にはマシューと同じように容赦がなくなってしまう。それは全てアマリリスの突拍子もない行動のせいなのだが、本人に自覚はない。

「わ、わたくしも色々と調べましたのよ！　オホホ～」

誤魔化しながらもアマリリスは山の上からの景色を眺めていた。

「久しぶりにこういうところに来れて嬉しいわ。ここはとても景色がいいし、町が一望できるのね！　素敵な場所……今度、ユリシーズ様とも一緒に来たいわ」

「気に入っていただけてよかったです」

「ええ！　野草もたくさんあるし、体も鍛えられるいい山ね！」

「「…………」」

「一旦、町に戻りましょうか。そろそろ戻らないとララカに怒られてしまうわ」

アマリリスは野草を持ち、元気よく下山していく。ベルゼルカとマシューも慌ててアマリリスを追いかけた。

山を降りるとララカがソワソワして待っていた。土だらけになったアマリリスの姿を見て表情が険しくなる。ララカがアマリリスの前に来て腰に手を当てた。

「アマリリス様……！　またですか⁉」

「……えへへ、つい」

「こんなところを皆様に見られたら驚かれますよ⁉　最初は控えめに振る舞ってくださいと言ってではありませんかっ！　ユリシーズ様からもアマリリス様をしっかり見張るようにと頼まれているのですよ⁉　それなのにアマリリス様は……！」

「ララカ、落ち着いて……！」

「ベルゼルカ様とマシュー様も巻き込んで！」

腰に手を当てて頬を膨らませているララカに笑顔で野草を見せると「もう……仕方ないですね」と言って表情がいつも通りに戻っていく。


城下町を堪能したアマリリスはルンルンな気分で城へと戻った。そして予想通りの出来事がアマリリス達を待ち受けていた。

城に足を踏み入れた瞬間、ミッドデー国王は今にも飛び出していきそうな勢いで外に出ようとしている。それを必死に止めようとしている騎士や宰相達の姿があった。

そしてアマリリスが帰ってきたのを見た瞬間、凄い勢いでこちらに突進してくる。

「――アマリリスウゥゥゥッ！　よくぞ無事に帰った！」

「お父様、只今戻りました！」

感動の再会が毎回訪れているような気分だった。

「こ、こんなに汚れて何があった⁉　アマリリスに一体何がっ」

「落ち着いてください！　これを見て下さいませ」

アマリリスはミッドデー国王の前に採りたての野草の塊を見せた。ピタリと動きを止めたミッドデー国王は不思議そうにアマリリスに問いかける。

「……。町に行ったのではないのか？」

「はい、町にも行きましたわ。刺繍糸もたくさん買わせていただきましたし、ベルゼルカとマシューに案内してもらいながら山にも行きました。城に薬師がいますよね？　これを使って解毒薬や解熱薬を作りたいのですが」

アマリリスの言葉に目を丸くしているミッドデー国王にマシューが耳打ちする。アマリリスがどうしても串焼きが食べたかったようだと話すと、ミッドデー国王は瞳に涙を浮かべながら大きく頷いている。

「そうか、そうか！　アマリリスは食いしん坊なのだな」

「……？」

「それから今日は絶対に夕食に串焼きをたくさん出すようにシェフに伝えてくれ！　アマリリス、たくさん食べるのだぞ？」

「串焼き……？　ありがとうございます。お父様」

「それから明日はアマリリスの元に薬師を呼んでくれ」

その日の晩、夕食には山のような串焼きが出された。

次の日、アマリリスのために呼んでくれた薬師と一緒に薬を作っていた。「アマリリス王女は薬学に詳しいのですね」と感心されたが、バルドル王国で勉強したことにして、一緒に野草を乾燥させたり、作った薬を分けてもらった。

（いざとなったら必要になるわよね。ユリシーズ様にも渡す分ももらいましょう。あとは何かあったときに非常食にもなるものをしっかりと覚えておかなくちゃ）

アマリリスは気合い十分であるが、薬師は少々引き気味であった。

そしてアマリリスは朝早く起きてベルゼルカと一緒に体を鍛えるようになった。昼間はマシューに魔法について教わっていたのだが、ここで新たな事実が発覚する。子供でも使えるような簡単な魔法は使えても、大きな魔法は使えないことが判明したのだ。

「王族は太陽石の力を最大限に引き出せるはずですが……」

マシューの言葉を聞いて前のアマリリスならば太陽石を使い様々な魔法を使いこなせそうだと思ったが、やはり今のアマリリスは根本的に何かが違うような気がした。

これでアマリリスがいくら魔法を鍛えたところでミッドデー国王やマシューのように太陽石を使い、対抗することは難しいことがわかった。

（これからどうしよう……）

こんな時こそ、ユリシーズに相談したいものだ。落ち込むアマリリスにマシュー達は「今はまだ魔力を認識したばかりですから」と励ましてくれた。アマリリスはその言葉ににっこりと笑みを浮かべながら頷いたが、やはり時間が経ったとしても変わらないような気がした。

(魔法が使えないとしたら、やはりわたくしには剣術しか……)

しかしそれも一朝一夕で身につくようなものではないことはわかっている。

アマリリスは部屋に戻り机に伏せながら考えていた。ガックリと項垂《うなだ》れたアマリリスはベッドに視線を向けた。こんな時に頼りになる凛々にはもう相談できない。凛々とは会えない代わりに、アマリリスはここにいるのだ。

「後ろ向きになってはダメよ！」

言い聞かせるように呟いてからアマリリスはユリシーズとのお揃いの御守りを手に取った。この御守りをきっかけにアマリリスの力が発揮されるのだ。

(大きな力を使えなくても、わたくしにできることはまだあるはず……でもこのままだと以前と同じになってしまうわ)

早速、躓《つまず》いてしまったが、アマリリスが魔法関係でできるのは『御守り』を作ることだけだ。地味ではあるが、自分の持っている力で戦うことしかできないのなら、この小さな御守りを通して何ができるのか想像力を膨らませて考えていた。

そして安直《あんちょく》ではあるが、あることを思いつく。

(身を守るといえば……防壁みたいなものを張れるようにするのはどうかしら?)

実際、マシューは魔法を上手くコントロールできれば剣などの物理攻撃からも身を守れると言っていた。御守りから攻撃を放つよりも身を守るための防壁の方が実現しやすいような気がしていた。

（時間が掛かるのが難点だけど、今からなら防壁を張れるような御守りを作れるかもしれないわ！）

そう思い、今日買ってきた刺繍糸と布を取り出して、組み合わせを考える。これは様々な御守りを作ってきたアマリリスの勘であるが、色合いや柄、どんな願いを込めるかが大切だと思っていた。

（鬼に桜、虎……ううん、鷲《わし》！　鷲がいいかもしれない）

アイディアが浮かんだアマリリスは一晩中、刺繍について考えていた。バルドル王国から持ってきた自前の刺繍キットを使いながら作業を進めた。

それからアマリリスはなるべく多くの人と会い、違和感がない程度に宰相やミッドデー国王に今後、ミッドデー王国に入国してくる人やティムリムから人を受け入れる際には注意するように進言していた。


そして三日ほどミッドデー王国で過ごしたアマリリスはベッドに座り、深呼吸をする。ユリシーズとお揃いの御守りを手に取り、抱きしめるようにして胸元に寄せた。

この御守りがきっかけで、初めてアマリリスの魔法が発現した。これまで作った刺繍には何も起こらなかったが、この御守りは魔力を認識した後に作ったからだろうとマシューは言っていた。しかしそれがわかったのは今よりもずっと後のことだ。アマリリスが強く念じると、持っていた御守りが淡い赤色に光り輝いている。

「ユリシーズ様、ユリシーズ様……聞こえますか？」

アマリリスの声に反応するようにガサガサと音が聞こえる。やはりユリシーズは渡した御守りを肌身離さずに持っているようだ。

『……この声はアマリリス？　まさかアマリリスなのか？』

やはりこの御守りは以前と同じでユリシーズと連絡を取ることができるようだ。アマリリスはひとまず、自分の魔法が使えることに安堵していた。

「ユリシーズ様、わたくしですわ！　聞こえますか？」

『ああ、聞こえる。突然、御守りからアマリリスの声がして驚いた』

「ユリシーズ様といつものように話せたらと思ったんですけど……まさかこんなことが起きるなんて、びっくりですね」

『こうしてアマリリスと離れていても話せることは喜ばしいな。これも太陽石の力なのか？』

「そうみたいです……！　ミッドナイト王国はどうですか？」

『ああ、毎日充実している。アマリリスはどうだ？』

「買い物に行ったり、野草を取っていたりと忙しい毎日を送っていますわ！」

『野草……？　相変わらずだな。ララカに怒られたのではないか？』

「ど、どうしてわかったのですか⁉」

『アマリリスのことだからな。そうではないかと思っていた』

ユリシーズの優しい声色に自然と笑みが溢れてしまう。この時は何故、こんなことができるのかわからずにユリシーズと話ができることを単純に喜んでいた。

それからユリシーズと互いの近況について話していた。ミッドナイト王国に行く途中に盗賊に襲われた話を聞いたアマリリスは大きく心臓が跳ねた。

ユリシーズが全て撃退したらしいが、本当にただの盗賊なのか、ティムリムから送り込まれたものなのかはわからないらしい。

（……ユリシーズ様を狙ったのかしら。やはりティムリムはお父様の力は恐れているけど、ミッドナイト王国にはたくさんのティムリムの人間がいるはず。油断はできないわ）

アマリリスはその時、馬車に乗っていた人数やその時の様子を事細かに聞いていた。

（騎士達が五人、星読みの少女が二人……この中にティムリムのスパイがいるのなら考えられなくもないけど）

また明日、同じ時間に御守りから声を掛けてもいいか聞くとユリシーズは「もちろんだ」と答えた。アマリリスの御守りから光が消えると、ユリシーズの声が聞こえなくなる。アマリリスはギュッと御守りを抱き締めていた。

（わたくしも、ユリシーズ様を守れるような力が欲しかったな……）

便利な魔法を使えないことと、すぐに身を守る術がないことに焦りを感じてしまう。アマリリスはその晩、ユリシーズのことで頭がいっぱいで眠れなかった。

次の日、アマリリスはベルゼルカと体力作りを行った後にマシューの元へと向かった。ユリシーズと御守りを通じて会話ができたことを報告する。そのままアマリリスの魔法について他にできることはないか調べてもらうためだ。

「この小さな袋を互いに持っているだけでミッドナイト王国にいる人と会話ができるなんて……信じられません」

「そうなの。でもこのことを詳しく話す前に人払いをして。それからお父様にも報告したいの」

「……アマリリス様、あなたは一体」

「マシュー、今はわたくしの言う通りにして。お願い」

マシューは真剣な表情で頷いた。時が戻る前、アマリリスはこの力がわかってすぐに色々な人に御守りを作っては渡していた。

ジゼルとスペンサーには『二人が仲良くいられますように』、ミッチェルには『健康でいられますように』。様々な願いは次々に叶えられていく。アマリリスは皆に幸せになって欲しい一心だったが、それがティムリムにも情報を広げるような形になり、結果としてティムリム王の耳にアマリリスの力が知られることになってしまった。

とにかく内密にして欲しいこととマシューにはこの魔法を使って他に何ができそうなのか検証を手伝ってもらう約束をした。そしてユリシーズにも内密にして欲しいと伝えたのだった。

＊　＊　＊

アマリリスがミッドデー王国に滞在してから一カ月が経った。未だに貴族らしからぬ行動を取って周囲を困らせることもあるが、少しずつアマリリスの振る舞いにも慣れてきたらしい。城で働く人達もララカの話を聞いたり、アマリリスがどんな人物かわかってきたのか、最近では生温かい目でアマリリスの奇行を受け入れてくれている。

そんな城の人たちにミッドナイト王国の印象について聞いて回っていたが統合も前向きに考えてくれてはいるが、抵抗感は消えないようで複雑な気持ちを抱えている人も多いようだ。誤解は解けたものの、昔からの対立の歴史は根深いだろうと思った。

『月と太陽は交わることはない』そう、誰かが言っていた。

以前は見ないようにしていた現実も目《ま》の当たりにしてしまえば胸が苦しくなった。

いきなりバラバラだった国が仲良くすることは難しい。ミッドデー国王が言っていた通り、少しずつ少しずつ、互いの意見を擦り合わせていくことが確実な一歩になるのかもしれない。そのために自分ができることを頑張らなければならない。

この訪問が終わった後には、ユリシーズと二人でミッドデー王国とミッドナイト王国を順に訪れないかと提案していた。バルドル王国で育ったアマリリスとユリシーズならば互いの良いところを中立な立場で見ることができると思ったからだ。

そしてミッドデー王国からバルドル王国に帰還する日のこと。アマリリスはミッドデー国王と手を握っていた。まるで人生のどん底にいるかのように落ち込むミッドデー国王は「アマリリスぅ……」と呪文のように繰り返し呟いている。

やはりアマリリスと片時も離れたくないという気持ちは変わらないらしい。アマリリスは身を守るための御守りと同時進行でミッドデー国王と離れることになっても寂しくないようにとある物を作っていた。

「お父様、元気を出してください」

「すまない、アマリリス……ワシは、ワシはっ！　寂しくて泣きそうだっ」

アマリリスは鼻を啜っているミッドデー国王の手を握った。

「そんなお父様のためにこれを作りました」

「これは……！」

アマリリスは新しい御守りを渡して頷いた。

一カ月の間、マシューに手伝ってもらいながら様々な検証を行っていた。

御守りにはガラス細工のように砕いた太陽石の粒を入れているのだが、ミッドデー王国のお土産の定番で、アマリリスもミッドデー国王にもらったので大量に持っている。太陽石は、綺麗に取り出せたものはアクセサリーに加工して、細かく砕けてしまったカケラなどは色付けして飾ったり、蝋燭代わりになるそうだ。

そしてマシューはというと以前と同じようにアマリリスの魔法を見て頭を抱えている。それは今までにあった魔法の常識を覆すものだったからだ。元はこの世界の人間ではないアマリリスだからこその魔法なのかもしれないと思っていた。そのことを伝えるわけにもいかずマシューには申し訳ない気持ちでいた。魔法が発動するまでに時間も手間も掛かり、できあがるまで効果もわからない。マシューは今も血眼になってアマリリスの魔法の原理を解明しようとしている。

ミッドデー国王のために作った御守りは髪色と同じ、朱色の布地と金色のキラキラした糸を使って太陽の刺繍を施した御守りだった。

『寂しくないように』そんな願いを込めて作ったのだが、実際に効果がどう出るかはわからない。

アマリリスから御守りを受け取り、瞳を輝かせるミッドデー国王は狭い馬車の中で御守りを上に掲げながら満面の笑みを浮かべている。

ミッドデー国王は御守りの効果なのか大人しく国に帰って行った。

先にマクロネ邸に着いたアマリリスが門の前でそわそわとした気持ちで待っていると、遠くの方からミッドナイト王国の馬車が走ってくるのが見えた。

アマリリスは一カ月ぶりのユリシーズとの再会に高鳴る胸を押さえていた。馬車が止まりユリシーズが降りてくる。

顔を見た途端、安心感と愛おしさで胸がいっぱいになり、気づいた時には駆け出していた。ユリシーズの胸の中に飛び込むようにして抱きついた。やはり声は聞いていても実際、触れられる距離にいるのは嬉しいと思った。久しぶりに感じる体温と温かさに込み上げるものを抑えながら顔を上げる。

「ユリシーズ様……！」

「アマリリス、ミッドデー王国は楽しかったか？」

「はい。とても勉強になりました！　それにだいぶ体も鍛えたのですよ？」

「まさかアマリリスが体を鍛え始めるとは……」

アマリリスが腕を折り曲げて力瘤を見せるとユリシーズは苦笑いをしている。ふと、ユリシーズの筋肉事情が気になったアマリリスは純粋な好奇心からある言葉を口にする。

「ユリシーズ様の筋肉を触らせてはくれませんか⁉」

「は………？」

「今後の参考にしたいのですっ！　お願いします」

アマリリスの勢いに押されてか、ユリシーズは腕まくりをしている。だがアマリリスは体を密着させてから背中に手を回して、次はお腹、そして胸とペタペタと確かめるようにして触れていく。

「うーん、やっぱりとても逞しいですわね。男女の差は仕方ないにしても、やはりユリシーズ様の筋肉は素晴らしいですわ」

「……っ⁉」

「ベルゼルカにもよく触らせてもらうのですが、ユリシーズ様は細く見えますがガッシリとしていて重たい感じがしますね」

　アマリリスが夢中で触っていると、ユリシーズが動かなくなっていることに気づく。ゆっくりと顔を上げると顔を真っ赤にしているユリシーズと目が合った。

　そのまま数秒、見つめ合った後にそっと手を離す。アマリリスの顔も次第に赤くなっていく。ユリシーズの反応が思ったよりもピュアでどう反応をしていいかわからない。

（やりすぎてしまった……）

　気まずい雰囲気を掻き消すようにアマリリスはヘラリと笑ってから視線を逸《そ》らす。その先にはミッドデー王国で買ったお土産があった。

「あのっ、お、お土産がたくさんありますので……！」

「そ、そうか。俺もアマリリスにお土産を買ってきたんだ」

「フランやヒート、それからジゼルお姉様やエルマー様にも用意いたしました」

「もしかしてその荷台にあるもの全部か……？」

「はい！　お父様がたくさん持っていきなさいと」

「さすがミッドデー国王だな。俺はアマリリスのことしか考えられずにいたようだ。姉上に怒られてしまうな」

　いつもの雰囲気に戻ってホッと息を吐き出した。髪色が違うのもあるが、ユリシーズの反応につられてしまったようだ。

（ユリシーズ様の反応がなんだか可愛らしいわ……）

ユリシーズにマシューとベルゼルカを紹介してから屋敷の中に入ると、ジゼルやフランやヒートが出迎えてくれた。ジゼルが現れると、アマリリスはいつものように抱きついた。

「ジゼルお姉様……！」

「アマリリス、おかえりなさい！　わたくしも今、城から戻ってきたばかりなの」

ジゼルはそう言ってアマリリスの頭を撫でた。するとジゼルの後ろからはフランとヒートが顔を出す。

「アマリリス様、ミッドデー王国の料理はどうでしたか？」

「どんな料理を食べたのか教えてください！」

「自然を活かした料理が多くてとても食べやすかったわ！　ミッドデー王国のフルーツでジャムを作ったの。フランとヒートにも味を見てほしくて」

「わぁ……！　さすがアマリリス様」

「見たことない食材もあったから持ち帰ってきたわ」

「また後ほど詳しく話を聞かせて下さい……！　フラン、見に行こう」

「おう！」

相変わらず二人の料理への情熱は衰えることはないらしい。

アマリリスに手を振りながらミッドデー王国の馬車から下ろした荷物を取りに向かう。

「ユリシーズ様、ミッドナイト王国の食べ物はどうでしたか？」

「全体的に甘めだったな。それとアマリリスが喜ぶかと思い、珍しい野菜を持ち帰ってきた」

「ユリは本当にアマリリスのことしか考えてないのね」

「………すまない」

そしてジゼルはアマリリスの背後に立っているベルゼルカがかなり気になるようだ。アマリリスにアイコンタクトを送るジゼルに親指を立ててゴーサインを送る。

「はじめまして、わたくしはジゼル・マクロネよ」

「お初にお目にかかります。ミッドデー王国からアマリリス王女の護衛に参りました。ベルゼルカ・ニグルスです」

「あなたは騎士なの？」

「はい、そうですが……」

ジゼルは目を輝かせながらベルゼルカを見ている。ベルゼルカは困惑しているがアマリリスにはわかっていた。ジゼルがベルゼルカを着飾りたくてウズウズしていることを……。


ベルゼルカとマシューを各々の部屋に案内して、入浴して疲れをとってから自室へと戻る。すると扉を叩く音が聞こえて、返事をするとユリシーズが扉から顔を出した。アマリリスは座っていた椅子から立ち上がり、笑みを浮かべているユリシーズに向かって手を伸ばす。包み込むように抱き寄せられたアマリリスは安心感から胸元に頬を寄せた。

久しぶりに顔を見て話せることを喜んでいた。ユリシーズがポケットから砂糖菓子が入った小瓶を取り出してからアマリリスへと渡す。これもアマリリスのために買ったミッドナイト王国からのお土産のようだ。

「綺麗……カラフルで可愛らしいですね」

「女王に王国の女性の間で流行《はや》っていると教えてもらったんだ」

「仲が良さそうで安心しました」

「いや……努力はしている」

苦い顔をしているユリシーズの表情を見ながらアマリリスはにこやかに微笑んだ。四人での話し合いの時から思ってはいたが、ユリシーズとミッドナイト女王は口下手というよりは不器用な感じがしていた。しかし今回の滞在で少しずつ距離は近づいているようだ。

そしてアマリリスは思い出したように立ち上がる。ユリシーズにミッドデー王国で買ったキラキラの砕いた鉱石が練り込まれた布と刺繍糸を見せると、興奮からか布を握り締めながら立ち上がった。

「こ、これは……！」

「試しにユリシーズ様が大好きな桜を刺繍してみました」

「…………素晴らしい！」

いつもとは違い、光沢のある桜の花びらを見て目を見開いて震えている。いつも感情の起伏が少ないユリシーズが子供のように喜んでいる姿を見るとアマリリスも嬉しくなる。暫く互いの国について話した後に、ベルゼルカとマシューの話へと移る。

「ミッドデー王国の騎士団長の娘、ベルゼルカと宰相の息子で国一番の魔法士のマシューがバルドル王国でもわたくしを護衛してくれるそうです」

それからミッドデー国王のこの一カ月の様子をユリシーズに話していく。

「……過保護だな」

「過保護、ですわね」

ミッドデー国王はアマリリスを守るためならどんなことでもしてみせるという強い想いを感じさせる。しかしアマリリスが朝に体を鍛えていることや魔法を懸命に学ぼうとしていることに対しては何も言わずに応援してくれていた。

「わたくしが太陽石を使って、お父様やマシューのように魔法を使えたら、また違ったと思うのですが……」

「アマリリスだって、こうして役に立つ魔法を使えている。落ち込むことではない」

「はい。ですがユリシーズ様のように剣も振るえない。せめてユリシーズ様の邪魔にならないようにどうにかして自分の身だけでも守りたいのですが、なかなか上手くいかなくて」

「……アマリリス」

それから互いの国の印象や価値観の違い。どんなところが食い違うのか、ユリシーズの意見を聞いていた。やはりまだまだ問題は山積みのようで、考えるだけで気落ちしてしまう事実も多い。

「なるべく早く国同士が連携を取れたらいいのですが……」

「アマリリスはよく考えているのだな。俺はミッドナイト王国の騎士達の弱さが気になって、彼らを鍛えてばかりいた」

ミッドナイト王国は星読みの少女達の予知や占術に加えて、月の石を加工した魔導具や農業が発達している。作物を育てていく気候にと適しているからだそうだ。

予知により未然に防いだり、先回りして対処しているからか、軍事力はあまり必要とされなかったらしい。故に騎士達があまり力を持っていない。

簡単に説明すればミッドデー王国はパワータイプでミッドナイト王国は頭脳派である。

ユリシーズは自身が騎士であるからか、そこが気になったのだろう。

「ユリシーズ様ならきっと素晴らしい騎士に育てられると思いますわ！　明日からは是非、わたくしも一緒に鍛えてくださいませ」

「……。アマリリスは何を目指しているんだ？」

「せめて何があっても自分の身を守れるようになればと思っています！」

その言葉を聞いて初めはキョトンとしていたユリシーズだったが「アマリリスらしいな」と言って微笑んだ。

「わたくし達が積極的に動くことで何かが変わるかもしれません。それと次は一緒に互いの国を行き来するという提案を受け入れてくださってありがとうございます」

「いや、いい案だと思う。確かにアマリリスの言う通り、話し合いだけでは解決しない部分が多いだろうからな」

「ありがとうございます。そう言っていただけるとわたくしも嬉しいです」

「ああ、何かあれば言ってくれ。協力する」

「ユリシーズ様……」

「あまり、一人で思い悩まないでくれ。無理しすぎると体を壊すぞ？」

ユリシーズの思いやりに感謝しつつ、久しぶりに二人きりで過ごす時間を楽しんでいた。ゴツゴツと固い指の感触を確かめ、絡めながら遊んでいると「アマリリス」と名前を呼ばれて顔を上げる。ユリシーズの金色の瞳と目があった。愛おしさで胸がいっぱいになって、アマリリスからユリシーズの頬に口づけると彼は僅かに目を見開いた。

アマリリスの長い髪を耳に掛けたユリシーズの腰に腕を回しながら、二人の距離がだんだんと近づいていき、唇が触れる寸前だった。


『――アマリリスウゥゥゥッ！』

突然、アマリリスの持っていた御守りからミッドデー国王の声が聞こえた。その声にアマリリスは驚き、悲鳴を上げた瞬間にゴツンッという痛々しい音が響いた。ユリシーズと思いきり額をぶつけてしまったようだ。

「ひゃあああああっ……！　痛ッ」

「……ッ」

『おぉ、やはりそうか！　アマリリス、離れても一緒だぞ！』

「おっ、お父様……!?」

「まさか……ミッドデー国王陛下？」

『ユリシーズと一緒だったか！　すまんな、二人の時間を邪魔してしまったようだ。ハッハッハッ！』

　先程の甘い雰囲気はどこへやら、ミッドデー国王の豪快な笑い声が響いていた。

『まさかと思ったが、どうやらアマリリスの御守りを通して対話できるようだな！』

「お父様、驚かせないでくださいっ！　部屋にはワシしかいない。それとこの力は内密にと……！」

『そうだったな！　大丈夫だ。今、部屋にはワシしかいない。アマリリスの元気そうな声も聞いたし、ワシは満足だ。何か困ったことがあればコレから連絡するのだぞ！　さらば』

　ミッドデー国王は早口でそう言うと最後はプツリと音が切れてしまった。アマリリスとユリシーズは御守りを見つめながら呆然としていた。

　ユリシーズからは対話を繋ぐことはできないが、魔力を持つミッドデー国王からはアマリリス同様に連絡が取れるようだ。アマリリスは首を傾げていた。何故ならばこんなことは前までなかったからだ。

(何かあればお父様に知らせることができるけど……まだまだわからないことが多いわ)

　アマリリスが顎に手を当てて考えていると、ユリシーズが心配そうに顔を覗き込む。

「アマリリス、何か考え事か？　アマリリスの魔法が使えることを内緒にして欲しい理由と関係あるのか？」

「いえ、そういうわけではないのですが……」

「もし悩みがあるなら、俺でよければ相談に乗る。最近、ちゃんと眠れているのか？」

ユリシーズはそう言って親指で優しく頬を撫でた。たしかにここ一カ月、寝不足が続いていた。どうやらユリシーズにはアマリリスの焦りが伝わってしまっているようだ。

しかし再び同じ未来を辿《たど》りたくないと強く思っていたアマリリスは瞼を閉じた後にユリシーズの瞳を真っ直ぐに見据えた。ティムリムの兵士達に襲われた時のことを思い出すと恐怖でいてもたってもいられなくなる。

アマリリスはユリシーズの手を握った後に大きく息を吸い込んでゆっくりと吐き出した。心配そうに歪むユリシーズの表情を見てから、震える唇を開いた。


「わたくしは、ユリシーズ様を失ってしまったらと思うと怖いのです」

「失う？」

「もし、もしですよ？　わたくしとユリシーズ様が何者かに襲われたとしたら……そう考えていたのです。今後、この立場にいたら、そういうことも増えてくると思います。ユリシーズ様はきっと、自分の身を挺《てい》してもわたくしを守ろうとするでしょう。それにわたくしを守りながらではユリシーズ様は本来の力が発揮できないかもしれません」

「……アマリリス」

「だからわたくしは自分の身は自分で守れるようになりたいんです。少なくとも足手纏いにならないくらいには」

アマリリスはあの時の後悔を思い出してグッと唇を噛み締めた。馬車の中で守られているだけの自分に失望したくはない。もっと力があればと無力さを嘆くだけなんて二度も経験するのは御免である。

アマリリスの行動は王女として褒められたものではないだろう。ユリシーズに迷惑をかけるかもしれない。けれどアマリリスはユリシーズと幸せな未来を築くためならば、どんなことを言われてもいいと思っていた。

「だから体を鍛え始めたのか？」

「はい。残念ながらわたくしには魔法で対抗することはできませんから」

「………………」

ユリシーズの表情は固い。アマリリスはこのことを話して反対されるのではないかと怖かった。

「もし、わたくしが敵に狙われたとしたら……ユリシーズ様はどうしますか？」

アマリリスのその言葉にユリシーズは目を見開いている。しかし真剣な顔でこちらを見つめた後にゆっくりと口を開いた。

「俺は……自分の身を犠牲にしてでもアマリリスを守ろうとするだろう」

アマリリスはユリシーズの言葉を聞いて瞼をギュッと閉じた。護衛をしているベルゼルカやマシュー、ララカだってアマリリスの身を一番に案じてくれている。ミッドデー国王だってそうだ。

アマリリスはどうしたって守られる存在になってしまう。だけどもうあんな思いをするのは嫌だった。

「だが、アマリリスの気持ちも理解できる。俺はアマリリスがどうしてもやりたいのならやるべきだと思う」

「……！」

「本音を言えばアマリリスに危険なことをしてほしくない。それはアマリリスを大切に思い、愛しているからだと思う」

「……はい」

ユリシーズの言葉に頷いた。アマリリスもユリシーズに対して同じ思いを抱いている。今も彼を守ろうとアマリリスはこうして動いているのと同じで、ユリシーズもアマリリスを守ろうとしてくれている。

「どうしても進みたい道があるのなら、後悔しないように進めばいい。俺もアマリリスの支えになろう」

「え……？」

「俺もそうだった。兄上も姉上も、孤児院出身の俺にずっと優しく接して守ろうとしてくれた。だが、父上は俺の気持ちを見透かしていたのだろうな。俺を信じてそっと背中を押してくれた」

「マクロネ公爵が……？」

「ああ、そのおかげで今も真っ直ぐに自分の道を進むことができている。何もせずに燻《くすぶ》っている時よりはずっといいと気づけた。だから俺は進み続けたい」

アマリリスはユリシーズの言葉に頷きながら黙って聞いていた。ユリシーズはアマリリスの背中を押そうとしてくれているのだと思った。

「後悔がないようにしよう。二人の未来のためにも」

その言葉に今度はアマリリスが目を見開いた。ユリシーズの言葉が心に沁みていく。

「わたくしもユリシーズ様を守れるくらい強くなってみせますから！」

「ははっ、俺もアマリリスに負けないように頑張らなければな」

「ユリシーズ様がいてくれて本当によかった……」

アマリリスはユリシーズに感謝を伝えるように背に手を回して抱きしめた。アマリリスになってから何度そう思ったことだろう。

そして再び背筋に触れているのをユリシーズにすぐに指摘されて手を離す。

明日から体を鍛えるために朝の訓練に入れてもらうことを約束して、どうしたらアマリリスが敵に対抗できるのかを相談していた。

「せめて短剣やナイフを上手く使えるようになれたらと思っているのですが……」

「それはいいな。剣よりも軽く扱いやすい」

「あとはベルゼルカに体術を習って、マシューに魔法を学ばなければなりませんし、刺繍もどんどんとしていかないと！」

「あまり無茶はしない方がいい」

「ありがとうございます！　ですがわたくしも戦う術を身につけないと……」

「………」

ユリシーズとこうして話してみると胸の奥がスッとするような気がした。ユリシーズが何かを考え込んでいることも知らずに、心の中ではメラメラと闘志が燃えていた。

（もっともっと、強くならなくちゃ……！）

アマリリスはミッドデー王国で摘んだ野草から作った解毒薬や傷薬をユリシーズに説明しながら渡していく。ユリシーズは驚きつつも、アマリリスから薬を受け取った。

「いざとなったら使えるように、御守りと一緒に持ち歩いてくださいね。この赤い紙に包んであるのが解毒薬で、青い紙に包んであるのが解熱薬です。こちらの容器には傷薬が入ってますから」

「アマリリスはいつ薬学を学んだんだ？」

ユリシーズの言葉にアマリリスは肩を揺らした。

「あー……えっと、隠れてこっそりと学んだんです！」

「そうか。俺もアマリリスを見習わなければな」

「ユリシーズ様は今もたくさん頑張ってくださっていますから！」

「…………アマリリス」

名前を呼ばれて顔を上げると、ユリシーズの顔がぐっと近づいてきた。驚いて目を見張っていると、唇に柔らかい感触を感じてアマリリスは動きを止めた。

「ユリシーズ、様……？」

「今日はゆっくり休んだ方がいい」

「は、はい……おやすみなさい」

「おやすみ、アマリリス」

惚《ほう》けた様子で反射的に言葉を返すと、ユリシーズは立ち上がりアマリリスに背を向ける。耳が赤くなっているのが見えて思わず口元を押さえた。もう何度もユリシーズとキスをしているはずなのに胸がドキドキとしてしまう。藍色の長い髪を揺らして、扉から去っていく姿を見送った。

「〜〜〜っ」

熱い息を吐き出しながら手のひらで顔を覆う。気恥ずかしい気持ちを発散させるようにベッドに倒れ込んで、体をゴロゴロと体を揺り動かしていた。

（ユリシーズ様は、どうしてこんなにかっこいいのかしら……）

そんな素朴な疑問が頭に思い浮かぶ。数年後には本当にユリシーズと結婚するというのだから驚きである。

ユリシーズに休んだ方がいいと言われたがバルドドル王国でもやるべきことはたくさんあった。

次の日からアマリリスは以前あった記憶を頼りにマクロネ公爵邸に新しく入った侍女やバルドル王国から派遣された騎士の中からティムリムのスパイを炙《あぶ》り出していた。

ベルゼルカやマシューに手伝ってもらいながら証拠を集めて、なかなか尻尾を掴めないスパイはバルドル王国の王太子であるスペンサーにチェックしてもらう。彼の能力はバルドル王国の王族にしかないもので、本来は相手のオーラが見える力なのだが、嘘かどうか判別することにも応用できる。アマリリスは未来のスペンサーがその力を使っていたことを思い出し、さりげなく話すことで協力してもらっていた。アマリリスは順調にバルドル王国にいるティムリムのスパイを炙り出していた。

（全ては無理かもしれないけど、少しでも……！）

そんなアマリリスの一連の行動のお陰か、スペンサーやジゼル、マクロネ公爵達にも危機意識が伝わるようになり、バルドル国王に感謝される結果となった。

毎朝、ユリシーズやベルゼルカについて体力の向上を図って、短剣の使い方を学び、マシューとは夜な夜な集まってアマリリスの刺繍魔法を研究して、余った時間は新しい刺繍製作に充《あ》てた。

ララカに「頑張りすぎです……！」と止められたが、少しでも前に進みたいという思いがアマリリスを突き動かしていた。

バルドル王国で一カ月程過ごしてから、二人でミッドデー王国に向かい、同じように一カ月間過ごした。

以前は互いの国を行き来していたものの会議や取り決めばかりで意見がぶつかり、うまく噛み合わずに歯痒さを感じていた。ならば率先してアマリリスやユリシーズが動いて、国の雰囲気を肌で感じることで互いの国のいい部分を理解した方が早いとアマリリスは思っていた。

提案をすると意外にもアマリリスの意見はすんなりと受け入れられた。ユリシーズがミッドデー王国で過ごした一カ月は充実したものとなり、ユリシーズの人柄を間近で見ていたベルゼルカやマシューとの信頼関係を以前よりもずっと早く築くことができていた。

そして今度はアマリリスがユリシーズと共にミッドナイト王国に向かうことになっていた。ミッドナイト王国にもやはりベルゼルカとマシューが護衛としてついてくるようだ。

以前はミッドデー王国の馬車で向かって滞在も一週間ほどだったのだが、今回はミッドナイト王国の馬車に乗って向かうことにした。その方がアマリリスがミッドナイト王国に馴染もうとしているという気持ちが伝わると思ったからだ。

(千里の道も一歩からと言うし、少しずつ変えていきましょう！)

目の前でミッドナイト王国の騎士が五人と星読みの少女二人が頭を下げている。

ミッドナイト王国には〝星読みの少女〟という、未来を垣間見ることができる特別な少女達がいる。

(ユリシーズ様が言っていた通りの人数だけど、今回も同じメンバーなのかしら。でも普段、襲われることがないはずの馬車が襲われたってことは、この中にティムリムのスパイがいるの？それとも本当にただの偶然だった？)

アマリリスとユリシーズは一台目の馬車に乗って、ミッドナイト王国へと向かう。ユリシーズからミッドナイト王国の現状を聞いていると馬車が急ブレーキをかけて止まった。馬がいつもとは違う鳴き声を上げていることに気づく。時間的にミッドナイト王国に到着するには早すぎる。御者の引き攣るような悲鳴を聞いて、ユリシーズは剣を握るとすぐに外に飛び出した。

「アマリリスはここにいてくれ」

「待ってください、ユリシーズ様……！」

アマリリスの言葉を遮るように馬車の扉を閉めると、ミッドナイト王国の護衛達が盗賊らしき男達と戦っているのが見えた。

「あ……」

そんな時、時間が戻る前にティムリムの兵士達に襲われた時の光景がフラッシュバックする。全身から汗が吹き出て体が固くなっていく。アマリリスが乗った馬車を守るようにベルゼルカとマシューが前に立つ。アマリリスは声を振り絞るようにして叫んだ。

「ベルゼルカ、マシュー！　わたくしはいいからユリシーズ様に加勢してっ」

「ですが……」

「――お願いっ！　ユリシーズ様を守って‼」

アマリリスの必死な声を聞いてか、二人は加勢するように走り出した。ユリシーズは盗賊達を殺すことなく意識を失う程度に攻撃して打ち払っていく。アマリリスは震える手を握り込んだ。

「……まだやるのか？」

ユリシーズがそう言いながら剣を向けると腰を抜かした盗賊達は後ろに下がりながら暴言を吐き散らしている。

そしてベルゼルカとマシューが加勢したものの、ほとんどユリシーズが一人で倒してしまった。

（ティムリムの兵士達じゃない……よかった）

アマリリスはホッと息を吐き出してから震える手を後ろに隠す。アマリリスの無事を確認しにきたベルゼルカとマシューにお礼を言った。すると見覚えのある服を着た少女が二人、後ろの馬車から出てくる。少女達の姿が見えると騎士達が怒りを滲ませた声を上げる。

「こちらの道は大丈夫だと言っていたではないか！」

「二度も間違えるなんて、どういうことだ⁉　チャンスをくださいと言ったからもう一度従ったのに！」

「このままだと女王陛下の信頼を失ってしまうわ、メリッサ」

「あっ、その……すみません、エマリア様」

エマリアに便乗するかのように騎士達もメリッサをキツく睨みつける。

「ユリシーズ殿下に何かあったらどうするつもり？　責任は取れるの⁉」

「ほっ、本当に申し訳ございません！　こんなつもりでは……」

「やめろ」

ユリシーズはエマリアや騎士達に責められて萎縮しているメリッサと呼ばれていた星読みの少女の前に立つ。ブラウンの髪を下の方で二つに結えているメリッサの紫色の瞳は今にも泣きそうな程に潤んでいる。眼鏡を取り、目元を乱暴に拭っていた。

後ろにいるベルゼルカとマシューからもミッドナイト王国の騎士達に軽蔑を込めた眼差しが向けられていた。それに気づいたミッドナイト王国の騎士達は気まずそうに視線を逸らす。

こうした細かい部分でまだ対立が見え隠れするのは致し方ないことなのだろう。足並みを揃えるのは並大抵のことではない。

「己の実力不足を他者のせいにするな。見るに堪えない」

ユリシーズの言葉に騎士達は項垂れている。ユリシーズからミッドナイト王国の騎士達の実力のなさを実感していると話を聞いていたことを思い出していた。

しかしもう一人の星読みの少女、エマリアは長い金色の髪を手で払うと不機嫌そうに腕を組んで怒りを露わにしている。深々とこちらに頭を下げ続けて肩を揺らすメリッサを見て、アマリリスは側に駆け寄った。

「大丈夫？」

「は、はいっ！　ごめんなさい……！」

「予知は外れることもあると聞いた。あまり自分を責めるな」

「申し訳ありません。ユリシーズ殿下。私のせいで二度も危険な目に……っ」

深い溜息が聞こえてアマリリスが振り向くと、そこにはエマリアが立っていた。彼女はアマリリスを睨んでおり、目が合うと見せつけるように顔を背けて当然のように馬車に乗り込んだ。

メリッサはエマリアに呼ばれて後に続く。エマリアがアマリリスに向けていた視線には明らかに敵意が込められていたような気がした。アマリリスは今回、敏感にその気持ちを感じ取ることができた。

（以前はミッドナイト王国の馬車ではなかったから何も起こらなかったのかしら）

この二カ月間で少しずつアマリリスの知っている未来とは違ってきているような気がしていた。アマリリスは妙な胸騒ぎを感じながらもユリシーズにエスコートされるまま再び馬車へと足を進めた。

（また何もできなかった……）

その事実がアマリリスの気持ちに影を落とす。膝の上でグッと拳を握っていたアマリリスはユリシーズから送られる視線に気づくことはなかった。


ミッドナイト王国へと到着して馬車から降りたアマリリスは肌寒さに腕を擦る。この国の洗練された上品な雰囲気はミッドデー王国とは真逆に思えた。ベルゼルカやマシューも興味深そうに辺りを見回している。

「アマリリス、寒いのか？」

「え……？」

ユリシーズの視線の先を追うと、アマリリスがユリシーズの手を無意識に握っていた。じんわりと伝わる体温はアマリリスを安心させてくれる。

「ユリシーズ様の手はいつも温かいですね」

「そうか……？」

寒さで少しだけ赤くなったユリシーズの鼻先を見てアマリリスは微笑んだ。

「鼻が赤いですよ」

「アマリリスも頬が赤いな」

ユリシーズは反対側の手のひらでアマリリスの頬を撫でた。

「……相変わらず、仲睦まじいようだな」

凛とした声にアマリリスはハッとする。声を掛けられた方へと視線を向けると、そこにはミッドナイト女王の姿があった。長い金色の髪が風に靡いて揺れている。

「お久しぶりです。ミッドナイト女王陛下」

「アマリリス。そなたが来てくれて嬉しい。ミッドナイト王国へようこそ」

「一カ月間、よろしくお願いします」

互いに挨拶を済ませてからユリシーズは先程の出来事をミッドナイト女王に話している。メリッサは怯えた様子で、女王に頭を下げ続けている。エマリアはメリッサが悪いと言わんばかりの表情だ。

ユリシーズはメリッサを庇うと、先程の騎士達とベルゼルカを連れて早々に訓練場へと向かった。エマリアが顔を歪めているのを見たミッドナイト女王から注意が入ると、不満そうにしながらもアマリリスに頭を下げる。

時が戻る前、星読みの少女達の中にはユリシーズに好意を向けていた者も複数人いたが、それがエマリアだったかは思い出すことができない。それだけユリシーズを信頼していたのだろうが、あまりにも呑気な自分には驚きである。

（……こんなにわかりやすく敵視されていたのね。それにしてもユリシーズ様はどの国でもモテるのね）

バルドル王国でも令嬢達に大人気だったが、それはミッドナイト王国でも変わらないらしい。

アマリリスはミッドナイト女王と共に城の中へと入る。ララカはミッドデー王国でもそうだったが「アマリリス様がミッドナイト王国でも快適に過ごせるようにしたいのです」と気合い十分で学びに向かった。賑やかなミッドデー王国の城とは違いスッと冷たく張り詰めた空気にアマリリスは背筋を伸ばした。そのまま城を案内してもらいつつ、ミッドナイト王国についての説明を女王から受けていた。

国が統合することについてもどうやら期待半分、戸惑い半分といったところらしい。真面目で信仰心が高い国柄、反発も大きくなりそうだとミッドナイト女王は語ったが、ミッドデー王国に興味があるのも事実だそうだ。

ミッドナイト女王に「二人きりで話したいことがあるのだが……」と言われて、アマリリスは頷いた。

少し離れた場所では、マシューが護衛として立っている。

促されるまま椅子に腰掛けると温かい紅茶が運ばれてくる。目の前に座っているミッドナイト女王を見て、アマリリスは改めて思っていた。

（本当に綺麗な人……）

アマリリスの美しい容姿を鏡で毎日見慣れているはずなのに、ミッドナイト女王の高貴で圧倒的な美しさと存在感を前にすると萎縮してしまいそうになる。アマリリスは張り詰めた空気を感じていたが、優雅に振る舞いつつ紅茶を口元に運んだ。これも凛々……元アマリリスやジゼルが特訓してくれたお陰だろう。

「まずはよくぞミッドナイト王国に来てくれた。そなたを歓迎する。先日まではミッドデー王国に行っていたそうだな。ユリシーズと、あの男……ゴホン、そなたの父とはどのような感じだった？」

「お父様はユリシーズ様を素晴らしいといつも褒めていました。この一カ月で随分と仲は深まったように思います」

「そうか……よかった」

ホッと息を吐き出したミッドナイト女王の母親らしく表情は柔らかいものだった。僅かな表情の変化に気づくことができるのは、ユリシーズとの会話で慣れているからかもしれない。初めて会ったパーティーでは固く怖い印象があったが、意外にも照れ屋で、とても可愛らしいミッドナイト女王の姿を知っている今では笑顔で対応できる。

「こちらこそベルゼルカやマシューを受け入れて下さりありがとうございます。ミッドナイト王国を信頼していないわけではないのですが……」

「いや、構わない。むしろその方がいいだろう。周囲にはキチンと説明してあるが不快な思いをさせたら申し訳ない」

ミッドナイト女王にベルゼルカやマシューの同行の許可をもらい、こうして連れてきたものの、ミッドデー王国の人間である二人がこの段階でミッドナイト王国に入国するのは大丈夫なのかと遠慮もあった。手紙にはミッドナイト王国も前に進みたい、護衛は絶対に必要だと書かれていた。

「皆、様子見といったところだろうか……ミッドデー王国とは違い、わかりにくいかもしれないが国の統合に前向きで喜ぶ者も多いのは事実だ」

「はい。ですがわたくし達が訪れることに、もっと否定的なのかと思っていました」

「ああ、わたしもだ。しかし星読みの少女達の大半は国同士が統合することで更なる富と幸せと利益をもたらすと示したのだ。わたしもそれを聞いて安心した」

「そうだったのですね……！」

「やはり彼女達の意見が大きいかもしれない」

ミッドナイト女王の口から星読みの少女と聞いてシャロンの顔が思い浮かんだ。アマリリスの表情の変化に気づいたのか、ミッドナイト女王は「シャロンの件では迷惑を掛けてすまなかった」と呟いた。アマリリスがゆっくりと首を横に振ると、ミッドナイト女王は真剣な顔でアマリリスを見た。

「しかし最近になってメリッサや数人の星読みの少女は何故か国の統合に難色を示してな。そのことが少し気がかりなのだ」

「……先程の」

アマリリスは泣きながら謝るメリッサと、アマリリスに敵意を剥き出しにするエマリアの様子を思い出していた。エマリアは明らかにユリシーズに好意を持っているように思えた。ユリシーズがミッドナイト王国に一カ月滞在した時に何があったのか気になってしまう。

「それに、盗賊に襲われたそうだな。申し訳ない」

「いえ……ユリシーズ様が守ってくださいましたから」

「そうか。ユリシーズが我が国の騎士のために動いてくれて助かっている。我々は星読みの少女達や月の石を使った魔導具に頼りすぎていたのかもしれない。未然に防いでいき、先に牽制していくことで様々な国と渡り合ってきたのだ」

「………」

「そのことで彼女達をつけ上がらせてしまっているのも事実だ」

シャロンもその一人だった。彼女はその力を使ってアマリリスを悪女に仕立て上げて成り上がろうとした。

ミッドナイト女王の話によるとエマリアは星読みの少女達をまとめるリーダー的な存在だそうだ。幼い頃から国のために懸命に働いてくれているそうだが、その反面で公爵令嬢としてプライドが高く扱いづらい一面もあるそうだ。

アマリリスは思いきって先程のことを話してみるとミッドナイト女王は溜息とともに、あることを話してくれた。

ユリシーズも数人の星読みの少女から熱い視線を感じていたそうで『俺には自分よりも大切だと思える婚約者がいる。アマリリス以外、考えるつもりはない』と言って、ハッキリと断っていたそうだ。次にアマリリスとミッドナイト王国に来る際に、悲しませることだけはしたくないと語ったのだと。聞いたアマリリスは嬉しくて堪《たま》らなかった。彼の誠実さはずっと変わらない。

そしてミッドナイト女王はシャロンについて調査していた際に気になることがあると話した。シャロンと共にバルドル王国の騎士が護衛として共に居たそうだが、バルドル王国に着いた途端に『先にバルドル城に戻り、知らせて参ります』と言った後から姿を見ていないらしい。しかしバルドル王国には、そんな騎士は所属していないことを確認したそうだ。

その人物がシャロンをミッドナイト王国へと導き、口封じのために殺害したのではないかとの結論に至った。シャロンと共にミッドナイト王国へと赴き、バルドル王国の騎士に扮した男はどこへ消えたのか。姿を消した後では証拠もなく、調べることも難しくなってしまった。

シャロンを陰で操り、ミッドナイト女王をバルドル王国へと誘導した者。そしてアマリリスの存在を餌に国を閉じていたミッドデー国王を表舞台に引き摺り出した者がいる。

それがアマリリスがミッドデー王国の王女だと判明する前に、牢の中から出てユリシーズの婚約者としてマクロネ公爵邸でお世話になっていた時。ユリシーズとジゼルと買い物に出かけた際にペンダントについて触れたドレスショップの店員の男性だった。ミッドデー国王に情報を流して連れてくるようにティムリムの者に脅されてやったそうだ。言う事を聞かなければ家族の命はないと……あのパーティーの後に涙ながらに話したらしい。彼はミッドデー国王をバルドル王国に呼びに行く役目を任されていたようで、今は家族と共にミッドデー王国で保護されているそうだ。

対立する国同士の王が揃って、誘拐されて消えた王太子と王女を鉢合わせる。うまくいけばバルドル王国を巻き込んで大きな争いが起こる可能性も否めない。そのきっかけが、シャロンと共にミッドナイト女王を連れてきた騎士、ミッドデー国王にアマリリスの存在を知らせたドレスショップの店員だったのだが、その裏で糸を引いていたのはティムリムだった。

「我が国もバルドル王国も、ティムリムの手の者がどこに潜んでいるかは正直、把握しきれていないのが現状だ」

ミッドナイト女王の言葉に頷いたアマリリスはバルドル王国でティムリムのスパイを何人か見つけ出したことを話した。

「そうか。そのような方法もあるな。この件が落ち着くまではアマリリスも不自由な思いもするだろう。ミッドデー王国の騎士も魔法士も腕は立つだろうが、彼等は裏を掻い潜ってくる」

「…………」

「赤子だった頃のユリシーズが拐《かどわ》かされた時もそうだ。情報を集め、その国にあったやり方で的確に攻めてくる。それにユリシーズはすぐに気づいたようだが、ミッドナイト王国の武力は心許ないのが現状だ」

予知が外れて、魔導具が使えない状態では突発的な事態には対応が遅れてしまう。ミッドナイト女王はそのことを問題視しているそうだ。

「アマリリス、どうか気をつけてくれ。ミッドデー王国から来た護衛のベルゼルカとマシュー、そしてユリシーズにもあとで伝えておくが、なるべく誰かと共にいた方がいい」

心配そうにしているミッドナイト女王の言葉に頷いた。

「国に来たばかりなのに暗い話をしてすまないな。よければ魔導具を何個か持っていくがいい。身を守るのに役に立つ」

「いえ、心配してくださり嬉しいですわ。魔導具も後で見せてもらいます！　もしかして話したかったのはこのことですか？」

「いや……そうではない。その……そなたに聞きたいことがあってだな」

アマリリスが問いかけるとミッドナイト女王は珍しく恥じらいながら言葉を濁している。アマリリスが女王の言葉を待っているとポツリポツリと語り始めた。

「こ、こんなことをアマリリスに聞くのもどうかと思ったが、ユリシーズについて…………色々と知りたいのだが」

「……え？」

「恥ずかしながら、ユリシーズと何を話してよいものか悩んでいてな。わたしは剣のこともわからぬし、話題を探しているのだ」

「まぁ……」

「そなたはいつもユリシーズと楽しそうに話しているだろう？　どんな話題なのか気になってな……」

どうやらあまり喋るのが得意ではない様子のミッドナイト女王はユリシーズとの会話が弾まないことを悩んでいるようだ。アマリリスは二人の仲が深まればと、いつも話している内容をミッドナイト女王に伝えると彼女の表情が少しだけ明るくなる。そして「ミッドナイト女王ではなく、アマリリスには〝ルナ〟と名を呼んで欲しい」と言われて笑顔で頷いた。やはり以前よりも早く距離が縮まっているのは、アマリリスがミッドナイト王国に歩み寄ろうという気持ちが伝わったからだろうか。

「そ、そうか……次はやってみよう！」

「ユリシーズ様は心優しい方ですから。ルナ女王の気持ちは伝わっていると思います」

「ありがとう、アマリリス。楽しい時間を過ごさせてもらった」

そう言って微笑んだミッドナイト女王に笑みを返した。

ミッドナイト女王と別れて、アマリリスはマシューと共にユリシーズがいる訓練場へ向かう途中だった。

「あの……アマリリス王女」

　声を掛けられたアマリリスが振り返ると、そこにいたのは見覚えのある少女だった。先程、エマリアや騎士達に怒られていた星読みの少女のメリッサだ。銀色のローブはキラキラと輝いていて、胸元には月の形をしたブローチをつけている。

　マシューがアマリリスを庇うように直ぐに前に出ると、焦ったのか何もしないとアピールするように両手を横に振っている。

「ご、ごめんなさいっ！　突然、声を掛けてしまって……！　すみません、すみませんっ！」

　少し日焼けした肌の色と二つに結えた髪、紫色の瞳を潤ませながら首がもげそうなほどにお辞儀をしている。慌てた様子で何度も謝りながら泣きそうになっているメリッサの姿を見兼ねて、アマリリスは声をかけた。

「メリッサ、どうしたの？」

「わっ、わたし……」

「マシュー、大丈夫よ」

　マシューはメリッサに敵意がないとわかったのかアマリリスの後ろに控えているが、いつもの笑顔はなく厳しい表情でメリッサを睨んでいる。

　メリッサは怯えつつもアマリリスとマシューを交互に見た後に、今にも泣きそうな表情を隠すように顔を伏せてしまった。

メリッサはエマリアとは違い、大人しくて控えめなタイプのようだ。星読みの少女は平民や貴族出身の子など様々な身分の少女達がいるらしい。

「急に呼び止めて申し訳ございません……！　ですがアマリリス王女にどうしても伝えたいことがあって」

「わたくしに伝えたいこと？」

「はい……そうなんです」

メリッサは胸元で手を握った後に、真っ直ぐにアマリリスを見た。

「エマリア様のこと、誤解しないでください！」

「えっ……？」

メリッサの言葉にアマリリスは目を見開いた。エマリアに強い口調で責められていたメリッサが彼女を庇ったことを意外に思ったからだ。

「エマリア様はユリシーズ様に助けられてから、すっかり……その。で、でも本当はとてもいい人なんですっ！　失敗ばかりしてダメダメな私を見捨てないでくれてっ……なので」

恐らくエマリアがユリシーズに想いを寄せているということを言いたいのだろう。しかしそれを聞いてアマリリスの胸がチクリと痛んだ。ユリシーズならば大丈夫だと思ってはいるが、今後ユリシーズがミッドナイト王国でエマリア達に関わるたびに何かあるのではと不安になってしまう。

「……何が言いたい？　それ以上は不敬だぞ。これ以上はミッドナイト女王陛下に報告させてもらう」

マシューの厳しい言葉にメリッサは唖然としている。その後に言葉の意味を理解したのか「そんなつもりでは……！　すみませんっ」と頭を下げている。

メリッサに悪意がないことはアマリリスにはわかっていた。彼女を安心させるようにアマリリスは微笑んだ。するとメリッサの表情が少しだけ明るくなる。

「アマリリス王女にお声掛けしたのはエマリア様のこともですが、もう一つあって……！」

「何かしら」

「このままアマリリス王女がユリシーズ殿下と結婚するとミッドナイト王国によくないことが起こると夢で見たんです」

「え……？」

不穏な言葉にアマリリスの表情が曇る。思い出すのはユリシーズとの新婚旅行の帰りに起こった出来事だ。ミッドナイト王国にとってよくないことというのは、ユリシーズを失ってしまうことではないか……そう思ったアマリリスはメリッサに問いかけた。

「それは予知なのかしら……？」

メリッサは小さく頷いた。先程、ミッドナイト女王もメリッサを含めて何人かの星読みの少女達が、国の統合に難色を示していると言っていたことを思い出す。

（まだ運命は変わっていないの……？）

アマリリスは震える腕を押さえた。マシューが心配そうにアマリリスの名前を呼ぶが、アマリリスの頭の中はユリシーズを失ってしまう恐怖でいっぱいだった。

「なんだかとても嫌な予感がするんです。それにエマリア様も同じことを言っていたんですよ？」

「…………」

アマリリスが考え込んでいるのを見たメリッサは顔を上げてから慌てた様子で言った。

「あっ、でも……気にしなくて大丈夫ですから！　私の予知は最近、調子が悪いみたいで、そのせいでエマリア様や皆様にも迷惑を掛けてしまって。先程も馬車の件では申し訳ありませんでした！」

「……大丈夫よ。ユリシーズ様が守ってくださったから」

「ユリシーズ殿下、本当にかっこいいですよね！　だからエマリア様も……。あっ、なんでもありません！　私の言うことは本当に気にしないでください！　予知もまだまだで外れる可能性の方が高いと思うので……えへへ」

そう言ってメリッサは困ったように笑った。以前の時間軸ではメリッサやエマリアと関わることがなかったアマリリスは、この予知を聞いたことがなかった。そしてユリシーズと星読みの少女達の関係を気にしてなかった辺り、能天気さが浮き彫りになっている。

しかしメリッサの発言にアマリリスの中の不安が大きくなっていく。ここまでしてもまだ未来は変えられないと思ったからだ。

星読みの少女達の大半が統合に反対すれば、ミッドナイト女王もどう動くかはわからない。統合に向けての前向きな話が流れてしまうかもしれないという焦りを感じていた。

「メリッサ、よかったら予知の内容を詳しく聞かせてくれないかしら？」

「私でよければ……」

メリッサがそう言って顔を上げた時だった。


「――メリッサ、一体そこで何をしているの⁉」

荒々しい声が耳に届いた。後ろを見るとエマリアと数人の星読みの少女達がこちらに鋭い視線を送っている。

「エマリア様……！」

メリッサが嬉しそうにエマリアの元に駆け寄っていく。そして何かを話した後にエマリアは大きく目を見開いてからメリッサの頬を叩いた。

「……痛っ⁉」

「バカにしないでッ！　余計なお世話よ」

エマリアの怒号が響いた。メリッサはその場に倒れ込んで頬を押さえている。そしてアマリリスの方に鋭い視線を向けたエマリアが歩いてくる。

「ミッドデー王国の王女だかなんだか知らないけれど、バルドドル王国の悪女として名を馳せていたあなたは、ユリシーズ殿下に相応《ふさわ》しくないわ！」

アマリリスはエマリアの言葉に目を見開いた。まさか今になって〝悪女〟と言われるとは思わなかったからだ。

「それはアマリリス王女が家族から冷遇されて、星読みの少女に嵌められたのが原因だ。これ以上の侮辱は許さないぞ」

すかさずマシューが前に出る。どうやらアマリリスの事情は思っている以上に広まっているようだ。

「第二王子の婚約者に登り詰めるために汚い手を使い周囲の恨みをかっていたのでしょう？　牢に投獄されて平民になった挙句にユリシーズ殿下の優しさに救われただけ……それで王女ですって？　ふざけないでっ」

「――貴様ッ！」

今にも攻撃しそうなマシューを「いけません」と片手で制す。マシューは荒く息を吐き出して皮膚が白くなるほどに手を握り込んでいる。

エマリアの言葉にはユリシーズに対する好意やアマリリスに対する僻《ひが》みなど、色々と織り混ざっているような気がした。

しかしここで問題を起こすのはよくないことは明白だった。アマリリスはまだミッドナイト王国に来たばかりだ。そんな時、メリッサがアマリリスを庇うように手を広げた。

「エマリア様、やめてください っ！　こんなのエマリア様らしくないです」

「メリッサ……いい加減にして頂戴っ！　わたくしは自分が正しいと思ったことをしているだけよ」

「そうよ！　平民の分際でエマリア様に意見するなんて」

「調子に乗らないで！」

　今度はエマリアの後ろにいる星読みの少女達が声を張ってメリッサを責め立てている。

　しかしアマリリスは意外にも冷静だった。バルドル王国にいる時もそうだったが、この手の対処は慣れている。久しぶりの感覚に深呼吸をして自らを落ち着かせたアマリリスはエマリアの前に立ち、彼女の目を真っ直ぐに見つめながら問いかけた。

「それはわたくしよりもあなたの方がユリシーズ様に相応しいという意味かしら？」

「……っ⁉」

　アマリリスの反撃が予想外だったのかエマリアはぐっと唇を噛んだ。しかしすぐに反論するように口を開く。

「そ、そうよ！　ミッドナイト王国の貴族であり星読みの少女であるわたくしの方がユリシーズ殿下に相応しいわ！　あんなに美しくて強くて優しい方は他にいないものっ」

　エマリアの言葉がシャロンと重なって見えた。しかしアマリリスの言葉は決まっていた。

「あなたの気持ちはわかったわ」

「なら……っ」

「だけど、わたくしもユリシーズ様をお慕いしているわ。婚約者として相応しいかどうかはわからないけれど、ユリシーズ様の隣にいたい。そのための努力は惜しまないつもりよ」

「……な、何を」

「そしてわたくしがユリシーズ様に相応しいかどうかを決めるのはあなたじゃない。決めるのはユリシーズ様よ」

アマリリスの言葉にエマリアは目を見開いている。俯いている彼女に掛ける言葉はなかった。

アマリリス達も周りには徐々に人が集まり出している。この騒ぎはミッドナイト女王の耳にも届いてしまうだろうか。女王の気を煩《わずら》わせることはしたくない。この場をどう収めようか考えていた時だった。


「アマリリスの言う通りだ。俺の未来は俺が決める」

「……ユリシーズ様！」

ユリシーズの声がして後ろを振り向いた。横にはベルゼルカもいて、布を肩に掛けて流れている汗を拭っている。

「ユリシーズ殿下……！」

アマリリスはエマリアが嬉しそうにユリシーズの名前を呼ぶ姿をじっと見ていた。瞳はキラキラと輝いて、自分を見て欲しいと訴えかけているように思えた。

しかしユリシーズがエマリアの視線に応えることはなかった。ユリシーズはアマリリスの肩を抱いて「大丈夫か？」と声を掛ける。安心感にホッと胸を撫で下ろしたアマリリスは笑みを浮かべながら頷いていた。

「以前も言ったが、俺はアマリリスを自分よりも大切な存在だと思っている。それはこれからも変わらない」

「ユリシーズ様……」

「ここでもう一度ハッキリと伝えておく。アマリリスと共に歩む未来しか考えていない。彼女を傷つけるならば、たとえ星読みの少女だろうと容赦はしない」

「わたくしにチャンスはないのでしょうか」

「ない」

「……わかりました」

　ユリシーズの言葉にエマリアは瞳に涙をいっぱいに溜めてから「申し訳ございませんでした」と謝罪した後に頭を下げた。手が大きく震えているのがわかった。

　エマリアが顔を上げるといつもの表情に戻っていた。戸惑う星読みの少女達を連れて、背を向けて去って行く。その対応にアマリリスは目を丸くしていた。てっきりシャロンのようにユリシーズを諦めることなく、アマリリスを敵視すると思っていたからだ。

　ユリシーズは心配そうにアマリリスの顔を覗き込んだ。

「すまない。アマリリスに不愉快な思いをさせた。こうならないように以前も伝えたつもりだったのだが……」

「わたくしは大丈夫ですわ。慣れていますから」

「慣れなくていい。今後何かあるようだったら、すぐに知らせてくれ」

「はい、わかりました」

「それから……勘違いして欲しくはないのだが、俺は彼女達に気を持たせるようなことは何もしていない。アマリリスだけを見ている」

「ありがとうございます。わたくしは何があってもユリシーズ様を信じていますから」

「バルドル王国の令嬢達と同じで、もしかしてこの顔のせいなのか……？」

「ふふっ、たしかにユリシーズ様のお顔は素敵ですが、それだけではないと思いますよ」

「だといいのだが……」

伸ばされた手を取ってからユリシーズにエスコートされて歩き出した時だった。


「チッ……」

小さな舌打ちが聞こえてアマリリスはすぐに後ろを振り返るが、そこには星読みの少女達がエマリアを励ますように集まっている。

その少し離れた場所でメリッサはポツンと佇んでいる。

(気のせい……？)

そのことが気になって仕方なかったアマリリスはその日の晩、モヤモヤした気持ちでベッドに寝転んだ。これからまた何かあるのではないかと思うと気が気ではない。

あれからすぐにユリシーズがアマリリスを守るように動いてくれたのか、エマリアは暫く家で謹慎することになったそうだ。

ジゼルがよく「もしスペンサーが他の女にうつつを抜かしたら、わたくし何をするかわからないわ」と、とてつもなく恐ろしい顔で呟いていたことを思い出していた。その時は嫉妬という感情がいまいちわからなかったアマリリスだが、今ならばジゼルの気持ちが痛いほどよくわかるような気がした。


あの一件の後、マシューとベルゼルカの様子を見るとやはり星読みの少女達への印象は悪くなってしまったようだ。

暫く部屋で今後のことを考えていたが、なんだか無性に刺繍に没頭したい気分になり、カバンから刺繍セットを取り出して、黙々と手を動かしていた。

思い出すのはユリシーズと共に馬車で襲われた時のことと、メリッサの『国が統合するとよくないことが起こる』という予言。この二つがぐるぐると頭の中を巡っていた。

そしていつの間にか刺繍が完成していることに気づいてアマリリスはハッとした。

鷲が力強く羽ばたいている姿が描かれている大きめな御守りを見て、いつもとは違った手ごたえを感じていた。持ってきた太陽石のカケラを詰めてみると、ますます何か新しい力を感じる。

アマリリスが力を込めて見ると、周囲に透明な膜のようなものが現れた。

（もしかして、これは防壁なのかしら⁉　成功したのね！　マシューに明日見せてみましょう）

アマリリスは出来上がった御守りを掲げながら喜びでクルクルと回っていた。これで少しは身を守れるかもしれないと思うと、一歩前進できたような気がした。

アマリリスが痛む肩を回しながら外を見るといつの間にか日は落ちて真っ暗になっていた。窓を開けて冷たい空気を吸いながら夜空に浮かぶ星と丸い満月を眺めていた。綺麗な月に見惚れていると、ふと視線を感じて窓の下を見ると何かが動いているのが見えた。

暗闇の中にぼんやりと映る人影……アマリリスの気のせいでなければ星読みの少女が着ているローブではないだろうか。

（こんな夜中に一体、誰が……？）

よく目を凝らしてみても、やはり誰かはわからない。アマリリスは首を傾げながらも窓を閉めて眠りについたのだった。

次の日、朝早く起きて体力の向上とナイフの訓練を行い、マシューのもとに向かった。出来上がった御守りの能力をアマリリスが見せると、彼はかなり驚いていた。どうやら本当に身を守る防壁を張ることができるようだ。

その後、ユリシーズに改めてミッドナイト王国を案内してもらいながら以前よりも深く知ろうと努力していた。あまり触れたことのなかった魔導具について学び、身を守る魔導具を譲ってもらった。ミッドナイト女王も愛用しているそうだ。

アマリリスは太陽石を使い生活するミッドデー王国との違いを肌で感じていた。前回、初めての滞在を一週間ほどで終わらせていたが、今回は一カ月は粘ろうと心に決めていた。やはり冷たい視線が突き刺さるので居心地は悪いが、アマリリスはミッドナイト王国を知ろうという姿勢を崩さなかった。

　一週間ほど経つと、周囲もアマリリスがどんな人物なのかが見えてきたのか、少しずつ態度が柔らかくなっていくような気がした。エマリアのように悪女と言われることもなかった。

　早朝から騎士達の訓練に参加して、合間に御守りを作ったり、ミッドナイト女王とお茶をして、城の掃除を手伝っているとララカに怒られて、伝統的な建造物や魔導具の制作過程を見学したり、厨房でミッドナイト王国の料理を学びつつ、洗濯を手伝っているところをユリシーズに見つかり怒られながらも……アマリリスは充実した日々を過ごしていた。


　しかし滞在があと一週間というところで、無理が祟《たた》ったのかアマリリスは体調を崩してしまう。

　朝から違和感があったが、いつものように着替えて訓練場に向かった。フラフラと覚束ない足取りで現れたアマリリスの変化にすぐに気がついたユリシーズが額に手を当てる。手のひらがとても冷たく感じた。

「アマリリス、熱があるのではないのか？」

「へ……？」

「休んだ方がいい」

「で、ですがまだ……！」

「無理をするな。行こう」

そう言ってユリシーズはアマリリスを軽々と抱え上げると、部屋に運んでいく。しかし熱が上がり始めたのか寒気から体を丸めていた。部屋に戻ってベッドに横になる。ララカに医師を呼ぶように頼んだユリシーズがぼやけて見えた。

「ユリシーズ、様……？」

「しっかりしろ、アマリリス。もうすぐ医師が来る」

熱で朦朧《もうろう》とする意識の中でアマリリスはユリシーズの手を掴んでいた。

「行かないで……ユリシーズ様」

「ああ、ここにいる」

「お願い、します」

弱々しいアマリリスの声に応えるようにユリシーズは手を握り返した。朦朧とした意識の中でユリシーズの問いかけが響いていた。

「なぁ、アマリリス。一体、何に焦っているんだ？」

「……？」

「不安なことがあれば相談して欲しい。俺はアマリリスのために何ができる？」

「ユリシーズ……さま？」

大きな手のひらが髪を撫でる。そのまま手のひらは頬へ添えられる。ひんやりとする肌が気持ちよくて擦り寄るようにして手で引き寄せた。

「どうか側にいてください……ずっと、わたくしの側に」

「約束する。アマリリスの側にいると」

安心感から自然と瞼が落ちていく。ユリシーズが心配そうに眉を顰めている姿が見えたが、アマリリスはそのまま力尽きるように眠りについた。ずっと側にいて欲しい、そう願いながら……。

＊＊＊

アマリリスはゆっくりと瞼を開いた。ズキズキと痛む頭を押さえながら起き上がるとサイドテーブルには水と薬が置いてあるのが見えた。リゾットと共に〝ゆっくり休んでください〟とララからのメモがあった。先程までは朝だったはずなのに、いつの間にか太陽は沈んで夜になってしまったようだ。

部屋を見回しても誰もいない。ユリシーズが握っていた手の感触は覚えていた。暫く手のひらを見つめていたアマリリスだったが、視線はサイドテーブルへ。食欲はなかったがリゾットが入った皿を手に取り、スプーンで口に運び、薬と水を流し込んだ。食べ物は無駄にしてはいけないと体に染みついている。

(元気になるためには食べないと……)

そうして再び横になり、アマリリスはホッと息を吐き出した。最近、無理をしている自覚はあったが、まさかこのタイミングで体調を崩してしまうとは思わなかった。

早く回復しようと思い、再びベッドに潜るがどうにも眠れない。そわそわとする体を起こして机に向かった。たっぷり眠ったためか朝よりずっと体が軽くなったような気がした。肩にストールをかけながら刺繍をしようと荷物に手を伸ばそうとした時に、白い袋が置いてあることに気づく。中を見てみるとアマリリスがずっと待ち望んでいたものだと気づいてすぐに中身を取り出した。

（ベルゼルカに頼んでいたものが手に入ったのね！）

足につけるタイプのナイフホルダーはアマリリスには大きかったため、ベルゼルカにサイズを測ってもらい調整してもらうように頼んでいた。スカートの中に隠せるし、いざとなった時にも戦える。相手も油断することだろう。アマリリスは小さなポケットに御守りや薬を入れて、ナイフを取りつけてから鏡で確認する。

（ふふっ！　スパイみたいでかっこいいわ……！）

しかし固い皮でできているからか、御守りが入らないのが予想外である。

（ユリシーズ様とお揃いの御守りと、防壁を張ることができる鷲の御守りも絶対に持ち歩きたいわ）

どうやらポケットには今のところ二つの御守りしか入らないようだ。

（明日、ベルゼルカにお礼を言わなくちゃ。それとあと何個か使えるものをストックしておきたいからポケットが増やせるか頼んでみましょう）

計画を練っていると再び熱が上がってきたのか頭がボーっとしてきたアマリリスはベッドへと

向かった。肌寒さを感じてシーツを手繰り寄せる。やはりまだ無理はできないようで荒く息を吐き出しながら、いつの間にか眠りについた。


　次の日、涙目のララカに「無理をしすぎですっ！」と怒られつつも、アマリリスは野菜がたっぷりと入ったスープを啜っていた。ユリシーズも訓練の前にアマリリスの部屋にやってくると苦しげな表情で包み込むように抱きしめた。

「アマリリス、体調は？　辛くはないか？」

「ご心配おかけしました。だいぶ良くなりました！」

「そうか。今日もゆっくり体を休めてくれ」

「ですが……！」

「アマリリス、お願いだ」

　ユリシーズの珍しいお願いにアマリリスは怯《ひる》んでいた。子犬のように見つめられてしまえば頷くことしかできなかった。

　それからアマリリスの部屋にはマシューやベルゼルカに続いて、ミッドナイト城で働く様々な人がお見舞いにきてくれた。お菓子や花でテーブルが溢れかえってしまうほどだ。胸が温かさでいっぱいになる。少しずつの一歩でも着実に進んでいると思えて嬉しかった。

　三日ほど休むとアマリリスの体調も回復した。大事を取って体を休めていたアマリリスだったが、退屈に耐えかねて城の周りを散歩していた。もちろん何か余計なことをやらないようにとララカの監視つきである。体がウズウズして仕方ないのだが「休息も必要ですよ！　最近は無理ばかりして心配していたんですから」と説教を受けつつ渋々部屋に戻って一息ついた。

ララカがアマリリスの様子を伝えるためにユリシーズの元に向かっている間、バルドル王国に戻るために荷物をまとめていた。刺繍キットや作りかけの刺繍を別の小さなカバンの中に詰めていた。

ポケットを増やそうと思っていたが、ベルゼルカに頼むタイミングを失った。ナイフホルダーも引き出しに置きっぱなしだったため、忘れないように出しておく。そろそろナイフを使うのもなかなか上手くなってきたアマリリスはナイフホルダーに慣れて、常につけていられるようにと足に装着する。

（バルドル王国に帰るまでに何が起きるかわからないもの！）

御守りを入れて準備完了である。感覚に慣れるように飛び跳ねたり歩いたりしていると、扉をノックする音が響く。

（ララカかしら……？）

アマリリスが返事をすると顔を出したのは星読みの少女、メリッサだった。

「ア、アマリリス王女、体調を崩したと聞きましたが大丈夫ですか？」

「ごきげんよう、メリッサ。心配してくれてありがとう。もう大丈夫よ」

アマリリスがそう言ってにっこりと微笑むとメリッサはオドオドしながらある言葉を口にする。

「あの……エマリア様がアマリリス王女と二人きりで話がしたいと言っていて。でも私っ、私……！」

そう言って泣きそうになっているメリッサにアマリリスは駆け寄った。明らかにいつもと様子が違い、何かに怯えているようにも見える。

「ごめんなさい。アマリリス王女……やっぱり、今のは忘れてくださいっ」

「メリッサ、何があったの？」

「……っ、私」

エマリアはミッドナイト王国に来た初日にユリシーズのことで言い争いをしてからは顔を見ていない。どうやら謹慎が解けたあとも公爵邸宅に籠もっており、ミッドナイト女王とも相談したうえでしばらくは休んでいるようだ。そのため、アマリリスは星読みの少女達との距離があいていた。

星読みの少女たちをまとめていたエマリアが、アマリリスと対立することになったため、近づきにくくなったのだろう。アマリリスに対する敵意はないようだが、不満そうな視線を感じていた。

アマリリスから彼女達に近づくことはなかったが、メリッサだけはアマリリスと普通に話してくれたり、予知があると「注意してくださいね」と警告にきてくれた。その予知が嘘みたいにピタリと当たる。メリッサは「調子が戻ってきたみたいです」と嬉しそうに言っていた。

しかしアマリリスはあの時にメリッサが言っていた『このままアマリリス王女がユリシーズ殿下と結婚すると、ミッドナイト王国によくないことが起こると夢で見たんです』という言葉が気になって仕方なかった。

それに気のせいかと思ったがメリッサの頬が少し腫れているように感じた。メリッサは何も答えることなく俯いている。眼鏡の向こうで、紫色の瞳が潤んでいた。

「エマリアに何か言われたの？　その怪我は？」

「……私、アマリリス王女を一人で呼び出すように言われてっ」

「え……？」

「もし護衛を連れてきたり、できなかったら……っ」

そう言ってメリッサはポロポロと涙をこぼした。どうやらアマリリスが思っているよりもずっと、ややこしいことになってしまったようだ。アマリリスはどうするべきか迷ったが、このままメリッサを放っておけないと思った。

「わかったわ。行きましょう！」

「ですがアマリリス王女が危険な目にあったりしたら……！」

「メリッサを放っておけないもの」

「アマリリス王女、本当にっ、本当にありがとうございます！」

メリッサは何度も何度も頭を下げている。

（一応、メモを残しておきましょう！）

『すぐに戻ります』とメモを残してから、アマリリスはメリッサのあとに続いて部屋を抜け出した。

「エマリア様は裏門にいらっしゃいます！」

そう言ったメリッサに連れられてミッドナイト城の裏に回り、裏門に向かって歩いていく。人に見つからないようにとメリッサは最新の注意を払っているようだ。人気《ひとけ》がどんどんと少なくなっていく。

アマリリスは妙な胸騒ぎと、メリッサの行動に違和感を覚えていた。だからずっと気になっていたことを問いかける。

「ねぇ、メリッサ」

「なんでしょうか？」

「あの時の予知のことについて聞きたいのだけれど、やっぱり今でも夢を見るのかしら？　わたくしとユリシーズ様が結婚するとミッドナイト王国によくないことが起こるって言っていたでしょう？」

「ああ、それなら……」

目的地に到着したのか、メリッサは足を止める。そこには小さな荷馬車が止まっているのが見えた。

（この中にエマリアが……？）

ミッドナイト王国の公爵令嬢として、星読みの少女としてプライドを持っているエマリアにしてはコソコソと隠れるようなやり方をしていることが気になっていた。アマリリスは不思議に思いながら馬車に視線を送っていると、メリッサがゆっくりと振り返る。笑みを浮かべているメリッサを見てアマリリスは「メリッサ？」と問いかける。

「もう、心配ありません」

「それは本当……⁉」

アマリリスはその言葉に瞳を輝かせた。もしかしたら自分の行動で未来が変わったのかもしれないと思ったからだ。

「だって、アマリリス王女は……」

メリッサの顔から笑顔が消えた。アマリリスは後ろから気配を感じて勢いよく振り返る。

「――――ッ⁉」

すぐにナイフに手を伸ばすが気づくのが遅れたためか、すぐに腕を捻《ひね》り上げられてしまう。そして……。

「うっ……！」

頸部に痛みを感じてアマリリスは意識を失った。

「…………ミッドナイト王国から、いなくなるんですもの」

最後にそんな言葉が耳に届いたような気がした。

第三章　二度目の牢の中

――ガタッ、ガタッ

すぐ近くから聞こえる音とゴツゴツとぶつかる頭を手で押さえることができなくて、アマリリスは首を捻る。意識が覚醒していくと痛みに顔を歪めた。

（……頭も体も痛い。今まで何をしていたんだっけ？）

そういえばメリッサについて部屋を出てから城の裏門に向かって……と、記憶を辿っている時に乱暴に肩を揺らされていることに気づいてアマリリスは声を上げた。

「待って……もう少しで思い出せるから」

返事が返ってこないことに違和感を持ちつつ、湿った木の香りと体の芯まで冷えるような冷たい空気に身を縮めた。アマリリスが目を開くと、そこは真っ暗な闇に覆い尽くされていた。

「え…………？」

痛む首を動かしながら辺りを見回していくと、ぼんやりと視界が開けていく。目の前にいる見慣れない格好の男女がアマリリスを見下ろしながら立っていた。

「まったく、呑気なお姫様だぜ」

「今まで反吐《へど》が出るくらい平和な生活をしていたんだから当然でしょう？　迎えに来てくれてありがとね、ラウル。完璧なタイミングだったわ」

「ああ、お前もよくやったな」

「ウフフ、嬉しい……それよりも頑張ったんだから、ご褒美ちゃんと頂戴ね？」

「気が向いたらな」

「もう、冷たいんだから……」

長いブラウンの髪が見えた。口元まで布で覆われている。その少し焼けた肌と紫色の瞳には見覚えがあった。もう一人の男性も同じように目元以外は布で覆い隠されている。赤い瞳が嬉しそうに細まった。ターバンの隙間からは銀色の髪が見えた。

体格がよく、威圧感のある出立ちに上を見上げながら驚いていた。唯一露出している腕は傷跡だらけだ。

それよりもアマリリスは目の前にいる少女の声を聞いて、信じられない気持ちで問いかけた。

「もしかして、メリッサなの……？」

「……………」

「その格好は？」

メリッサはアマリリスを睨みつけたまま何も答えることはない。エマリアに呼び出されたはずなのに、ここに彼女の姿はなかった。体を起こそうとしても腕が上手く動かない。

（ま、まさか縛られてるの……？）

状況がわからずに混乱する頭で必死に考えるが、何一つわからないままだ。ただ今、アマリリスは危機的状況にあることだけは理解できた。

「エマリアはどこ……？　もしかして彼女に頼まれてこんなことを？」

「あのムカつく女の話はしないでくれる？　虫酸が走るわ」

「メリッサ……？」

「エマリアを使って、もっとアンタを揺さぶろうと思っていたのに、さっさと引き下がるから予定が狂っちゃった。アマリリス王女が攫われたのは、ぜーんぶ星読みの少女達のせいにするつもりだったのに……フフッ、残念」

「……っ」

「ラウルのためだから我慢したけど、いい子のフリなんて二度とごめんだわ」

メリッサはそう言って星読みの少女の証《あかし》であるローブを真っ二つに引き裂いた。

以前の時間軸とは全く違うことが起きていることに驚き隠せなかった。後ろ手で縛られているからか、馬車が揺れるたびにバランスを崩しそうになる。なんとか踏ん張って耐えていたが、遂には顔面から床に額を強く打ちつけてスライディングしてしまう。

それを見た男性は「ブハッ……」と吹き出している。「だっさ……」と言ったメリッサに起こされたアマリリスは苦い顔をしていた。

「なぁ……怖いか？」

「痛っ……」

メリッサにラウルと呼ばれた男に乱暴にアマリリスは髪を掴まれた。両手は使えないためされるがままだ。

「ちょっと、ずるい！　アタシのラウルに触らないで！」

「オレ様から触ってんだよ。それに一応、人質なんだからそう簡単に壊せないだろう？」

ラウルの『人質』という言葉にアマリリスは目を見開いた。

（エマリアは関係ない……！　まさか、メリッサがわたくしを騙したってこと⁉）


アマリリスはその言葉にラウルとメリッサを睨みつける。

すると口笛を吹いたラウルは大きな手のひらをアマリリスの肌に滑らせてから恐怖を煽るようにゆっくりと首を掴んだ。狂気に満ちた瞳とにっこりと弧を描いた唇が恐ろしくて、アマリリスは身を固くした。

「細い首だなぁ……ギャーギャーうるさかったあの女と同じだ」

「あの女……？」

「ああ、任務でな。口封じをしたんだよ」

「ちょっと、ずるいっ！　その女から手を離してよ」

「メリッサ、お前は少し黙ってろ。次はねぇぞ？」

「はぁい……」

メリッサはラウルに怒られたとしてもうっとりとした表情で見つめている。彼女はラウルに心酔しているようだ。

「それにしてもバルドル王国の護衛も大したことはねぇよなぁ。同じ格好をしていれば、よく顔も確認しねぇしな。地下牢まですぐに行けちまった」

「え……？」

「簡単に騙されて馬鹿な女だ。ミッドナイト王国に行く時もうるさかったなぁ……なのに失敗しちまった。もう少しで国は大混乱だったのにな」

細い首、うるさい、女、口封じ、バルドル王国、地下牢……その言葉を聞いて、アマリリスはある出来事を思い浮かべていた。パーティーの後、牢屋に入れられたシャロンが何者かによって首を折られていたことを。

そしてミッドナイト女王の言葉も気になっていた。シャロンはバルドル王国の騎士と共にミッドナイト王国へとやって来たと言っていた。

（もしかして、シャロンと共に行動していたバルドル王国の騎士……それがラウルだったということ？）

そう考えると見えなかった何かが繋がったような気がした。

「次の手を打とうとしたらお前が突然、王子を使ってバルドル王国に潜んでいる仲間を炙り出していった。なんの前触れもなく次々とな」

「……ッ」

「なぁ、一体どんな方法を使った？　教えろよ。お陰でオレ様達はミッドナイト王国に移動するはめになったんだからな」

「……！」

どうやらアマリリスが今までと違う動きをしたことで、ティムリム側の動きにも何か変化が起こっていたようだ。

「ラウルの問いに答えないと殺すわよ？」

星読みの少女としてアマリリスの前にいたメリッサの姿とはまるで別人のような口調や性格だと思った。アマリリスが黙っているとラウルは「おもしれぇ」と言って、首からやっと手が離れた。そして不機嫌そうに顔を歪めているメリッサに問いかける。

「メリッサ、あなたはティムリムのスパイだったの？」

「………」

メリッサはアマリリスの言葉を無視している。ラウルにピッタリと体を寄せたメリッサは顔を上げた。

「ラウル、追手が来ているみたい。思ったより早いわね……あのクルクル頭の魔法士の力じゃないかしら？」

「おっ、いいねぇ……！　あの魔法士も女騎士もいいが、髪の長い女顔の王子様とは一回、やり合ってみたかったんだよな」

アマリリスは〝髪の長い女顔の王子様〟という言葉を聞いて目を見開いた。明らかにユリシーズのことを指していると思ったからだ。そしてラウルはバルドル王国の城に侵入して誰にも見つからないようにシャロンを手に掛けた。腕が立つのは間違いないだろう。アマリリスはラウルを引き止めるために咄嗟に声を上げる。

「――待って！」

しかしラウルはチラリと視線を流しはしたが、一瞬で姿を消してしまった。メリッサの重たい溜息と共に、突風のような風が吹き抜けた。

重苦しい沈黙の中、アマリリスはメリッサに問いかけた。

「メリッサ、どうしてこんなことを？」

「………」

「星読みの少女として働いていたのではないの？　ミッドナイト女王はメリッサを信頼していたのに国を裏切るの？」

「アタシはラウルのために存在している……ラウルのためにここにいるの。それ以外に理由なんてないわ」

メリッサは抑揚のない声でそう言った。星読みの少女として働き、アマリリスに笑いかけてくれていたいたメリッサはやはり作り物だったようだ。

（完全に油断していた……！　まだティムリムが動かないと思い込んでいたわ）

しかし拘束されたこの状況で必死に暴れ回ったり叫んだりしたところで、メリッサに押さえつけられて終わりだろう。ふと、足を動かすと、つけっぱなしのナイフホルダーに気づく。

（わたくしにはナイフと連絡がとれる御守りがあるわ！　でも……）

アマリリスはドキドキと飛び出しそうな心臓を押さえていた。もしメリッサに見つかったらと思うと気が気でない。

（まだ御守りを使うべきタイミングではないわね。でもこのままティムリムに連れていかれてしまう前にどうにかしたかったけど……）

予想外な展開に戸惑いを隠せなかった。しかし荷馬車は誰にも邪魔をさせることなく進んでいく。メリッサはアマリリスが怪我をしないようにか、必要最低限の世話をしてはくれるものの、全て義務的なような気がした。

アマリリスが叫ばずに暴れもしないことが気になるのかメリッサから声がかかる。

「もしかして、誰か助けに来ると思ってる？　誰も助けになんか来ないわよ？」

「え……？」

「ラウルに敵《かな》う者はティムリムにはいないもの。アタシ達の中で一番腕が立つ。追いかけてきていたとしてもボコボコにされている頃でしょうね」

「…………っ」

「それと、ラウルに興味を持たれたからって調子乗らないでよね！　アタシが彼の一番なんだから！」

「わたくしが⁉」

「アンタがバルドル王国でラウル達を次々に追い詰めていったからミッドナイト王国に流れざるを得なくなったの。だけど油断している今、あなたを連れて行くチャンスだとラウルが言い出したからどうなると思ったけど、大成功！　さすがラウルよね」

「そんな……」

「こんなに上手くいくとは思わなかったけど。ティムリムに着いたらラウルにご褒美をもらいましょう」

まさかアマリリスの行動が裏目に出るとは思わずに呆然としていた。どうやらアマリリスがバルドル王国でティムリムのスパイを炙り出したことで、アマリリスに興味が向いてしまったようだ。

まだ魔法はバレていないと思いたいが、それこそミッドデー国王の声が御守りから聞こえてしまえば一発でアウトだろう。基本的には太陽石を使えないユリシーズからは連絡を入れることはできないが、ミッドデー国王からは連絡が取れてしまう。

（お願い……！　どうか誰の声も聞こえませんように）

妙な緊張感にアマリリスは唇を噛んだ。ここにきてアマリリスの知っている未来とは大きく変わっている。

『王子様には用はねぇからなぁ』

『王がその力を欲しがっている。まぁ、オレ様は楽しければなんでもいいさ』

そしてアマリリスの記憶が間違っていなければ、新婚旅行の後に馬車に奇襲をかけた時の銀髪と赤い瞳……喋り方や圧倒的な強さは覚えがある。

（あれが〝ラウル〟だったのね……！）

思い出すのはあの時の恐怖だ。アマリリスは震える体を押さえ込んでいた。まさかこんなタイミングでラウルに出会うとは思わなかった。ティムリム王のお気に入りらしく勝手な行動が許されているのだとメリッサは自慢げに語った。ラウルの話になり少し饒舌になっているメリッサにアマリリスは問いかけた。

「ねぇ、メリッサ。どうしてわたくしを攫ったの？」

「はぁ……？」

その言葉にメリッサは怪訝そうに眉を顰めている。

「それはあなたがミッドデー王国の王女という理由以外に何かあるの？」

どうやら今のところ魔法が原因ではなさそうだと安心した瞬間、ガタンという一際《ひときわ》大きな音と共に体が跳ねた。メリッサがアマリリスの体を支えてからもう片方の手で木枠を掴んでバランスを取っていた。よく見るとメリッサは体に暗器をたくさん装備している。

助けは来ないまま馬車はどんどんと進んでいく。アマリリスはユリシーズやベルゼルカ、マシューに何事もないように祈っていた。

馬車が止まり、幌《ほろ》が持ち上がる。どのくらい時間が経ったのかはわからないが、辺りは真っ暗だった。ツンと鼻につく独特な香りはナイフと同じ香辛料の匂いがした。目的地……ティムリムに着いたのだとわかった。

アマリリスはメリッサに目隠しをされて、前が見えないまま歩き出す。怖くて足が竦んだが、体を引かれて恐る恐る足を前に進めた。

しかし、アマリリスがあまりにも歩みが遅いからか途中から誰かに担がれてしまう。腹部が食い込んで苦しげに声が漏れたことも関係ないというように、どこかへ連れていかれてしまう。次第に光が見えなくなり、冷たい風が吹いている場所へと進んでいく。コツコツと複数の靴の音が反響して響いていた。

時折、悲鳴のような音が聞こえてアマリリスは大きく体を揺らした。視界が真っ暗なためか恐怖は増していく。キィーという金属が擦れる音が響いたと思いきや、アマリリスはその場に投げ捨てられるようにして降ろされる。

パチンという音と共に手の拘束が外れる。じんわりと血液が流れる感覚と痺れが一気に襲った。アマリリスは痛む手首を労るように擦った後に目隠しされている場所に手を伸ばしてキツく絞められた布を外す。

すると見覚えのある鉄格子が見えた。そしてガチャンと扉が閉まり、鍵がかかる音がして愕然としながらもメリッサを見つめていた。

（まさか、また牢の中に入ることになるなんて……）

メリッサは何も言わずに去って行ってしまった。靴音がどんどんと小さくなっていく。バタンと重たい扉が閉まる音が聞こえた。

「………嘘、でしょう？」

まさかアマリリスになってから二度も牢の中に入ることになるとは思わずに複雑な心境で簡易的なベッドに座った。恐怖なのか緊張からか足がガクガクと震えていた。

暫く時間が経つと、頭も冷静になってくる。今回、コルセットはキツくないし自分で取り外しもできそうだ。とりあえずは以前のように窮屈な思いをすることはないだろう。前とは違ってドレスに対する知識もあるので、紐を緩めるように腰に手を伸ばした。

（よし、これで大丈夫かしら……）

そしてアマリリスは周囲の状況をチェックしていた。バルドル王国よりも明らかに古い牢の中は錆びていて雨漏りもひどくポツリポツリと水滴が垂れる音が不気味に響いていた。

冷たい風が吹き抜けているが、寒いミッドナイト王国にいたお陰か厚着をしていることが救いだろう。設備も古く地面は土である。ふと穴を掘れば抜け出せるのではと考えて首を横に振る。アマリリスは鉄格子に顔を食い込ませて辺りの様子を見ようとするものの、やはり無理があるようだ。

「あのー……誰かいませんか？」

控えめに問いかけてみるものの返事は返ってこない。先程までは暖かかったのに、地下に入って一気に寒くなったような気がした。アマリリスは足にあるナイフホルダーに手を伸ばす。マヤの形見であるナイフと、御守りが二つ入っていることを思い出して、アマリリスはホッと息を吐き出した。

（大丈夫。まだチャンスはあるわ）

御守りでユリシーズ達に連絡を取ることはできるが、絶体絶命のこの状況にアマリリスは不安で押しつぶされそうになっていた。

（まさか魔法の力もバレていないのに攫われるなんて思わなかったわ。お父様にはもう伝わっている頃かしら。でも連絡が来ないのはどうして？）

すぐに殺されることはないだろうが自分が無事なことは伝えたい。アマリリスはもう一度、「あのー」と声を上げた。やはり返事はない。

（人がいない今がチャンスかもしれないわ……！）

アマリリスはナイフホルダーからユリシーズとお揃いの御守りを取り出した。御守りを見てみるといつもと様子が違うことに気づく。どうやらアマリリスの『バレたくない』という願いを叶えるように御守りが機能を停止していたようだ。つまり電源を切っているような状態に魔力をコントロールしていたらしい。だからミッドデー国王側から連絡がくることはなかったようだ。

（こんなことができたのね。意識したことはなかったけど……）

アマリリスは牢の端の方に移動する。頭の中で言いたい内容を整理してから御守りに向かって小声で話しかけると淡く赤色に御守りが光った。

「お父様、ユリシーズ様……！　わたくしの声が聞こえていたら小さな声で返事をください！」

『ッ、アマリリス！　アマリリスなのか！』

すぐにミッドデー国王の声が聞こえる。

『アマリリス……！』

次にユリシーズの声が響いた。

「わたくしは無事です。ティムリムの牢の中に捕らえられています。人質だと言っていたので、すぐに殺されることはないでしょう。彼等の要求には絶対に応じないでください」

『なっ……！』

「また連絡します」

そして向こうからは声が聞こえないように魔力をコントロールする。ティムリムのやり口を把握していなければここまでの対応はできなかっただろう。

ここでアマリリスが連絡を取れる手段があることを知られてはならない。一方的ではあるが会話を終えてすぐに御守りをナイフホルダーに仕舞った時だった。

「――誰と話している！」

「……っ⁉」

声が思っていた以上に大きかったのか、扉の外にいた男性が早足でアマリリスの牢の前にやってくる。こちらを見下ろしながら注意深く周囲を観察しているようだ。

「今、何かを話していたな⁉　もしかして外部と連絡を取る手段があるのか？」

「だ、だれかいませんか……と助けを求めていただけですわ！」

「いや、お前と話していたのは男の声だった。嘘をついたらどうなるのか……わかっているのか」

アマリリスの首に長い槍のようなものが向けられる。ゆっくりと手を上げるが、こちらに近づいてくる槍に首を背けた。いきなり大ピンチである。アマリリスは人質だから殺されることはない…そう思っていたが、そうでもなさそうだと危機感を募《つの》らせていた時だった。

「今の声は僕だよ」

隣から少し高い男性の声が響く。

「お前は……！」

「いやぁ、可愛い女の子の声がしたもんだから、ついたくさん話しかけちゃってさ」

「チッ……死に損ないめ。いい加減、くたばればいいものを」

看守は隣の牢を見ながら冷たい視線を送っている。

（……誰？）

今まで物音一つしなかったため気づかなかったが、どうやら壁一枚隔てた向こう側、隣の牢の中にいる男性が助けてくれたようだ。看守は納得したのか隣の牢を鋭く睨みつけて去っていく。再び重たい音が響いて扉が閉まったのを確認してからアマリリスはホッと胸を撫で下ろした。そして隣の男性に小さな声で話しかけた。

「先程はありがとうございます。助かりました」

「いやぁ……まさかこんな若い女性を無理矢理、人質として捕えるなんてティムリムもいよいよ余裕がなくなってきたのかな。奪うだけでは何も得られないと気づいてくれたらいいんだけどね」

「あなたは一体……」

「僕はここに捕らえられてから長いんだよね。古株ってやつかな。ははっ」

「………」

牢に捕らえられて長いはずの男性は呑気に笑っている。しかしこんなジメジメとした暗い場所で、ずっと過ごしていたら気が触《ふ》れてしまいそうだとアマリリスは思った。壁に隔《へだ》てられていて顔は見えないがマイペースな喋り方を聞いていると、ここが牢ということも忘れて気が抜けてしまう。

「君は外部と連絡が取れるんだね。助けがくるのなら僕が力になるよ」

「あなたは？」

「僕のことは……そうだなぁ。〝おじさん〟とでも呼んでくれ」

「おじ様……？」

「君はティムリムのスパイに攫われてきたのかい？」

「はい」

「恐ろしい思いをしただろうが従順でいれば悪いようにはされないはずだ。安心しなさい」

名前も知らない男性はアマリリスを励まそうとしてくれている。

「連絡が取れる手段があるのはいいことだ。絶対にバレないようにした方がいい。僕が協力するから今度から声を掛けてくれ」

「はい。ありがとうございます……あの聞いてもいいでしょうか？」

「なんだい？」

「どうしてこんなに親切にしてくれるのですか？」

顔も知らないアマリリスのために説明してくれるこの男性が何故ここまでしてくれるのかわからなかった。しかし明るい声で「言っただろう？　ここの生活が長いからね慣れているんだ」と言っただけで理由は教えてはくれなかった。話していると苛立った様子の看守から「うるせぇ！」という怒声が飛ぶ。アマリリスが口を閉じても、隣の男性は気にすることなく優しく語りかけてくれた。


牢の中に入って三日ほど経っただろうか。

「アマリリス、大丈夫かい？」

「はい。なんとか……」

そんな男性の言葉を聞きながら、アマリリスは自分がミッドデー王国の王女だということを黙っているかどうかを迷っていた。

今のところアマリリスに危害はないどころか放置されている。恐らくアマリリスを捕らえたことで、ミッドデー国王を脅すための準備でもしているのだろう。今はミッドデー王国の出方を見ているのではないかと予想していた。

アマリリスには食事や着替え、体を拭う桶や布が届けられていた。メリッサやラウルと同じように布で目元しか見えない服を着た女性がアマリリスの世話をしてくれている。

女性は牢を少しだけ開けて必要なものを置いて去っていく。

アマリリスは毒を疑って食事に手をつけなかったが、女性に「食べなさい」と言われて、先に毒味までしてくれたことに驚いていると「人質を死なせるわけにはいかないわ」と言われて納得したのだった。

女性は顔が見えないのもあるが、いつも目を合わせることなく無表情で去っていく。感情が乏しいのか無視されているのかはわからないが寂しい気持ちになった。

そして隣の牢から空腹を知らせるお腹の音が常に鳴り響いていた。いつも粗末な食事しか運ばれてこないらしく、なるべく体力を消費しないようにじっとしているそうだ。「久しぶりにたくさん喋ったらお腹空いたよ」と言っていた。

アマリリスは人がいない時を見計らって、隣の男性に食事を渡していた。幸い、アマリリスの細い腕を隙間から伸ばせばなんとか隣の牢に届くようだ。

食事を受け取った男性は「君が食べなくていいのかい？」と心配していたが、アマリリスには毎回、食べきれない量の食事が届いていたので問題はなかった。しかしアマリリスの記憶によればティムリムは貧しく食料が満足に行き渡らないため、他国に亡命してくる人々が絶えないと聞いていたのだが、人質に豪華な食事が出てくることが不思議だった。

「ありがとう、アマリリス……！　これで生き延びることができる」

その声はとても嬉しそうだった。最初はどうなることかと思ったが監視は思ったよりも甘く、アマリリスも動きやすいところが救いだろう。


今のところアマリリスが持っているナイフや御守りがバレた様子はない。それは隣の男性が看守達の行動を把握しているおかげだった。アマリリスが貴族の令嬢だということや、まだ魔法が使えないと思われているからか油断している面があるのだろう。

隣の牢の男性にもあまり動じていないアマリリスに「君は強いなぁ」と感心されたばかりだ。確かに牢に入ったのが普通の令嬢ならば、涙を流したり家に帰して欲しいと叫んだりするのだろう。

普通でもなかなか体験しないが、アマリリスは二回目の牢の中だ。

（ユリシーズ様やお父様を心配させないようにしなくちゃ）

今は泣き言など言っている場合ではない。

看守に連絡が取れるのでは、と疑われたのは最初だけだった。アマリリスは牢の隣にいる男性に協力してもらいながら、御守りを通じてユリシーズと連絡を取っていた。

ユリシーズは心配していたが、アマリリスを助けに攻め込もうとするミッドデー国王を止めてくれたり、バルドル国王に助けを求め、アマリリスの救出を手助けしてもらっているようだ。

（ユリシーズ様が頑張ってくれているわ。わたくしもどうにかしてここから抜けだす方法を探さないと……）


一週間後、ティムリムはアマリリスの想像通り、アマリリスを人質としてミッドデー王国に交渉を持ちかけているらしい。その要求は『国の統合を今すぐやめろ』『国を明け渡せ』という無茶苦茶なものだった。しかしミッドデー国王は『もしアマリリスに手を出すようならば国を壊滅させる』と言っているらしく拮抗状態が続いているようだ。

アマリリスは今日も監視がいないタイミングを狙ってユリシーズと話していた。

「牢から出たいのですが、なかなかいい方法が見つからなくて……！」

『こちらも引き続き、交渉してみる。また連絡をくれ』

「はい！」

『アマリリス、必ず助ける。もう少しだけ耐えてくれ』

「……ユリシーズ様、ごめんなさい」

『こちらこそすまないっ、アマリリスを守れなかった』

「ユリシーズ様のせいじゃありません！　わたくしが油断したせいでこんなことに……」

『いいや、違う。アマリリスのせいじゃない。とにかく、身の危険を感じたら御守りを通して叫んでくれ。ティムリムに乗り込む準備はいつでもできている』

「……はい」

アマリリスも何か危機があればすぐに伝えることと、機会を見ながらなるべく毎日連絡をすることを約束して御守りから手を離した。


（どうか無事に帰れますように……）

アマリリスは御守りをしまうと、胸元にあるペンダントを握りながら祈っていた。すると重い扉が開く音と共に、コツコツといつもと違う足跡が聞こえてきた。食事は先程運ばれてきたばかりなのに、どうしたのだろうと様子を見ていたアマリリスだったが、目の前に立った人物を見て目を見開いた。

その人物の後ろにはいつもアマリリスの世話をしている女性とメリッサが立っている。護衛達もぞろぞろと現れて威圧感に息を呑んだ。

明らかに今まで会ってきた人とは違う豪華な服を着て、煌びやかに着飾っている男性を見て、アマリリスはこの人物が誰かがわかってしまった。

（ティムリム王……！）

　左目の大きな傷は痛々しいが思っていたよりもずっと若々しい見た目に驚いてしまう。黒く短い髪と日焼けした肌。背はあまり高くないが、がっしりとした体つきと人を圧倒するオーラがある。

「何故、そのように澄ました顔でいられるのか。何か理由があるのか？　それとも無知なだけか？」

　低い声が耳に届いた。アマリリスは動じることなく、表情を変えずに真っ直ぐに視線を送っていた。ティムリムでは泣いて媚《こ》びたりするのは悪手だとアマリリスは知っていた。弱い者を嫌い、強いものしか生き残れない。失敗することは悪であり終わりを示している。捕まったスパイ達も一瞬の隙をついて自ら命を絶ったのだと聞いた。奥歯に毒を仕込んでいたのだそうだ。

　ユリシーズ達が動いてくれている間は、アマリリスはどんなに怖くても毅然《きぜん》とした態度で振る舞わなければならない。

「バルドル王国では忍び込んでいたスパイ達が次々と捕らえられた。お前がラウル達を追い詰めたらしいな」

「…………」

「名はアマリリスと言ったか。奴はお前を溺愛しているはずなのに、冷静に対処している。激昂しているところを揺さぶってやろうと思ったが挑発には乗らない。わざわざミッドナイト王国で攫ったのに争いが起こらないのはどうしてだ？」

どうやらティムリム王は思い通りにならないことで何か理由があるのではと、アマリリスの元に来たようだ。

「それにこの余裕……まるで助けに来る算段がついているようだな？」

「………」

「ふん、余裕だな。我々は席を外す。何か持っていないか調べろ。もしかしたら太陽石を使って連絡を取り合っているのかもしれない。牢の中もくまなく探せ」

「……！」

「かしこまりました」

その言葉と共に、いつも食事を持ってくる女性とメリッサが牢の中に入る。アマリリスは平然を装っていたが、内心は心臓が口から飛び出してしまいそうなほど焦っていた。こんな狭い牢屋の中でナイフや御守りが見つからないわけがない。

「体もチェックしろ。終わったら呼べ」

正直、アマリリスはこの一週間、何も起こらないことに油断していた。そのタイミングを見計らってティムリム王はアマリリスの元を訪ねてきたのだろうか。アマリリスの足には肌身離さずつけているナイフホルダーがある。

（どうしよう……！　まだ足にナイフと御守りがあるのに）

見つからないように肌身離さずつけているため、体を調べられてしまえばどうしようもない。

ギュッと唇を噛んで堪えていた。メリッサはベッドの中や端をくまなく探しているようだ。いつもアマリリスの世話をしてくれる女性が「失礼します」と言って、足に手を伸ばした。

緊張から嫌な汗が首を伝って流れていく。アマリリスになってから淑女として表情に出さないように鍛えてきたつもりだったが、この時ばかりは泣きそうになっていた。

（……っ、もうダメ！）

女性の手がナイフに触れた瞬間、僅かにアマリリスの体が動いた。女性がナイフを引き抜いたことにアマリリスは絶望していた。しかし僅かに目を見開いただけで、女性は再びナイフホルダーにナイフを戻す。このまま全て取られてしまうと思っていたがスッと手が離れて、女性はメリッサに問いかける。

「メリッサ、どう？」

「何もないわ」

「そう……わかった。終わりました」

メリッサのその言葉と共にティムリム王が牢の前に戻ってくる。アマリリスの表情を動かさないようにしていたが、何かが見つかると確信しているのかニヤリと唇を歪めている。アマリリスは言い訳を考えるために必死に思考を巡らせていた。

「何か見つかったか？」

「いいえ。何もありませんでした」

先にメリッサが答えた。

「お前はどうだ。ムー」

〝ムー〟と呼ばれた女性が僅かに唇を開く。アマリリスの汗ばむ手がピクリと僅かに動いた。こちらに伸びてくる腕に無意識に体を仰け反らせると、冷たい手が首に触れた。

「こちらに太陽石が……」

「ふむ。太陽石がついたペンダントか」

「はい」

「あっ……！」

アマリリスが焦ったように声を上げると、ティムリム王の口元は弧を描いた。

「これで連絡を取っていたのか？　こちらにそのペンダントを持ってこい」

「かしこまりました」

ムーはペンダントをアマリリスの首から取ると、ティムリム王へと渡す。

「他には何かあったか？」

「体をくまなく探しましたが何もありませんでした」

「…………!?」

「まぁいい……これでミッドデー国王も終わりだかな」

ティムリム王の笑い声が牢の中に響いた。ムーは何事もなかったようにペコリと頭を下げてメリッサと共に牢から出ていってしまった。

（どうして……？　たしかにナイフに触れたはずなのに）

アマリリスはそのことを不思議に思いつつ、ムーに視線を送るが目元しか見えていないため表情を窺い知ることはできなかった。ティムリム王は部下達と何かを話したあとにムーとメリッサに指示を出して去って行った。

足音は遠のいていき、バタンと重たい扉が閉まったのを確認してからアマリリスはベッドに崩れ落ちるように横たわった。口から心臓が飛び出してしまいそうな程にドクドクと鳴っている。自らを落ちつかせるように深呼吸を繰り返していた。ペンダントは取られてしまったが、御守りは守ることができたようだ。しかしアマリリスの頭の中は疑問で埋め尽くされていた。

（ムーさんはどうしてわたくしを助けてくれたの？　確かにあの時、ナイフに触れたはずなのに……）

ティムリム王の前で嘘がバレてしまえばムー自身の身が危ないのにも関わらず、アマリリスを庇う理由がわからなかった。考え込んでいると隣から声が聞こえた。大きく震えている手のひらを握り込むようにして押さえていた。こんなことで怯んでいたら、とてもここから脱出なんてできないと思い、己を奮《ふる》い立たせていた。

「怖かったろう？　君が無事でよかった」

「大丈夫です。心配してくださって、ありがとうございます」

「君はミッドデー王国の人間なのかい？　ティムリム王が国王や太陽石の名前を出したから」

「そうです……元々はバルドル王国にいたのですが、最近はミッドナイト王国やミッドデー王国を行き来していました」

「なんだって⁉　それはとてもすごいことじゃないかっ！　信じられない気分だよ」

男性の声が一気に明るくなる。

「そんな世界を僕も見てみたかった。僕は何度もここから逃げ出そうとしたんだけど、なかなか上手くいかなくてね。どうしても愛する人に謝りたかったけど、もう……」

「おじ様にも会いたい人が？」

「ああ、だけどもう僕のことは忘れてしまっただろうね。勝手なことをして彼女を失望させてしまったから」

男性は悲しそうにそう呟いた。

「アマリリスには僕の分まで幸せになって欲しいな。ここから出してあげたい……でも僕に手伝えることは限られてる。ごめんね、アマリリス」

「いいえ！　おじ様にはいつも助けられています」

「だが……」

男性の寂しそうな声が牢に響いた。

今の状況がどれだけ絶望的なのか、アマリリスだってわかっている。隣の男性もずっと牢の中にいて抜け出せないのだろう。

「それにわたくしは絶対に諦めません！」

「…………！」

「このままみんなに会えないなんて嫌です。きっとチャンスがあるはず」

「そうか。そうだね……君の言う通りだ」

「がんばりましょう。絶対大丈夫です」

そう思わないとアマリリスは心が折れてしまいそうだった。


次の日、朝か晩かもわからない牢の中に食事を持ってきたムーに声をかけた。

「あの……！」

「…………」

「先日は助けてくれてありがとうございました。その、ムーさんはどうしてわたくしを……」

「しっ……静かに。ここでは油断しないで。今のティムリム王は頭が回るわ」

「……!?」

〝今のティムリム王〟という表現にアマリリスは違和感を持ったがそのことよりもアマリリスにはムーに聞きたいことがあった。辺りを見回して警戒しているムーを見て、アマリリスも小さな声で質問をする。

「ムーさんは、どうしてわたくしを助けてくださったのですか？」

「大半の民は争いを望んでいないわ。周囲の国々と上手くやって平和に暮らしたいというのが本音なのよ」

「……！」

「だけど弱者の声は消されてしまう。暴虐な王に従うしかないのが現状よ」

ムーは淡々とそう語った。辛く苦しい現状がその言葉に込められているような気がした。そしてムーは信じられない言葉を口にする。

「一週間後、ティムリム王がミッドデー国王との交渉の場に出る。その間にあなたをここから逃すわ」

「え……!?」

「そう連絡を取りなさい。南の森の国境に来るように、と」

その言葉に衝撃を受けていた。なぜムーがアマリリスを逃がそうとするのか理由がわからなかったからだ。しかし突然そう言われても信用できないと思うのは仕方のないことだろう。

「信用してもいいんですか？」

「それはあなたの自由よ。無理にとは言わない。ただ今回のチャンスを逃せば、あなたはここから出られないでしょうね。そうなれば両国とも大きなダメージを受けることになるわ」

「……ムーさんは、どうしてここまでしてくれるのですか？」

「言ったでしょう？　これ以上の争いは望んでいないのよ。ミッドデー王国、ミッドナイト王国、バルドル王国が手を取り合えばティムリムに勝ち目はない。それなのにこんなことをして……。それがわかっていないのは馬鹿どもだけよ。それからこれを返すわ」

ムーから渡されたのはアマリリスのペンダントだった。鉄格子の隙間から手を伸ばす。大切なペンダントを胸元で抱きしめてからムーに「ありがとうございます」とお礼を言った。そして去って行こうとするムーをアマリリスはもう一度、引き止めた。

「ムーさん、待ってください！」

ピタリとムーの足が止まる。振り返りもせずにそのままアマリリスの言葉を待っているように思えた。それはここに来てからずっと聞いてみたいと思っていたことだ。時が戻った今ならば、まだチャンスがあるかもしれない。もし生きていたらミッドデー国王の気持ちを伝えることができるかもしれない……そんな気持ちからムーに問いかけた。

「〝マヤ〟という方がどこにいるかを知りませんか？」

「…………」

「どんな些細なことでもいいんです！　もしティムリムのどこかにいるのなら教えてください。伝えたいことがあるんです！」

ムーから大きな溜息が聞こえた。そしてアマリリスを睨みつけると吐き捨てるようにこう言った。

「〝マヤ〟は死んだわ」

「……っ！」

「この国にマヤはいない。諦めなさい」

その言葉にアマリリスは視界が真っ白になった。それとマヤを心から愛するミッドデー国王の顔が思い浮かんでアマリリスは手を合わせるように握った。

「お父様……ごめんなさい」

そんなアマリリスの呟きは牢の中で小さく反響していた。

「…………。一週間後よ。忘れないで」

アマリリスが頷いたのを確認してからムーは去って行った。こんな上手い話を信じていいのか迷ったアマリリスだったが、ムーはティムリム王の前でアマリリスを庇ってくれたからか信用することができた。

しかしマヤはもういないという辛い事実に胸にぽっかりと穴が開いたような複雑な気持ちだった。

「アマリリス、大丈夫かい？」

「はい、おじ様」

牢の隣の男性がいなければ、アマリリスは恐怖と寂しさに耐えられずにいたかもしれない。男性がこうして明るく声をかけてくれたことには感謝しかなかった。

「協力者がいてよかった。探し人が見つからなかったのは残念だったね。僕もティムリムに来たのは大切な人を探すためだった……」

「おじ様もですか？」

「ああ……でも結局、国にも帰れずに大切な人も見つけられなかった。彼女に会わせる顔がないよ」

アマリリスが言葉に詰まっていると男性はそのまま言葉を続けた。

「でも、こうして君が無事にティムリムから抜け出してくれると思うと、なんだか僕も嬉しいよ」

その言葉にアマリリスはグッと手のひらを握り込んだ。そしてあることを口にする。

「おじ様、一緒に逃げませんか？」

「な、何を……」

「このまま諦めてもいいんですか？　一週間後、一緒に牢を出ましょう。ムーさんに頼んでみます」

同じような境遇にいる男性を救いたい。結局、アマリリスは母親であるマヤに再会できなかったけれど、せめていつも助けてくれた隣の男性が牢の外に出るために協力することならできるのではないか……そう思った。それに時が戻る前にティムリムはマヤがいないにも関わらず、取引をしようとしていたと思うと腹立たしい気持ちになる。

（やっぱりあの時、ティムリム王は嘘をついていたんだわ）


夜、護衛が眠っているアマリリスを確認した後、隣の男性に手伝ってもらいながら御守りを取り出して小さな声で語りかけていた。

ティムリム王はアマリリスからペンダントを取り上げて満足したのか疑いの目が向けられることはなくなった。そして男性はいつも歌を歌いながらアマリリスの声を誤魔化してくれている。

「ユリシーズ様、聞こえますか？」

『アマリリス……！　無事か？』

「はい、わたくしは無事です！　今から大切なことを言うのでよく聞いてください」

『わかった』

アマリリスはムーに手伝ってもらい、南の森の国境まで逃してくれることを話した。ユリシーズは「罠ではないか？」と疑ってはいたが、ムーがティムリム王の前でアマリリスを庇ってくれたことを説明すると納得してくれたようだ。

そしてユリシーズは現状を教えてくれた。星読みの少女達は今後のティムリムの動きや、アマリリスに危険が迫っているかを予知している。

ベルゼルカやマシューもミッドデー国王と共にティムリムに圧を掛けつつ、情報が漏れないように周囲にスパイがいないか炙り出しているそうだ。この一件で、今までの諍《いさか》いが嘘のように二国は協力しているらしい。

本来ならばミッドデー国王がミッドナイト王国に責任を追及して、国は対立して再び亀裂が入ることとなるはずだった。それを狙っていたティムリムにとっては大きな誤算になっている。そこにバルドル王国が加わることで、逆にティムリムが追い詰められていくことになるだろうと語った。

ユリシーズは三国の騎士達をまとめて、バルドル王国ではスペンサーやジゼル、マクロネ公爵やエルマー、ハーベイまでもアマリリスのために動いてくれているそうだ。

「お父様は？　最近、声を聞いていませんが……」

『バルドル国王が間に入りながらティムリム王との交渉をしている。もし無事にアマリリスを返さなければ国を焼き尽くすと強気の姿勢を貫いているからか、向こうも強く出られないようだ』

「……そうですか」

『俺たちは一週間後までティムリム王の気を引くために全力を尽くすが、追い詰められたティムリム王が次にどう出るかはわからない。警戒してくれ』

「ありがとうございます。ユリシーズ様」

『アマリリス……どうか無事で』

「もちろんですわ！」

『愛してる』

「わたくしも……っ！」

ユリシーズの言葉に涙が溢れそうになった。抱きしめるように握っていた御守りから次第に光が消えていく。

（ありがとうございます……！　ユリシーズ様）

朝か夜かもわからない牢の中で、いつ問いかけてもユリシーズが応えてくれるのはいつもアマリリスのことを想っていてくれているからだろう。

ムーは食事を持ってくるたびにアマリリスに色々なことを説明してくれた。かなり長い道のりを時間をかけて歩かなければならないこと。逃亡時に見つかったら命はないだろうということも。

「……」

「様々な人から大切なものを奪い取り、無理矢理従わせているの。今回の件で三国が結束したのでしょう？　ここまで暴走したティムリムはもう終わりね」

ムーはそう言ってから瞼を閉じた。アマリリスが攫われたことを知らされた時から、ティムリムの住人は少しずつ国外に脱出しているそうだ。皆、この国を見限っているとムーは語った。

「ムーさん、頼みたいことがあるのですが」

「何？」

「隣にいるおじ様も、一緒に連れていけませんか？」

ムーはチラリと隣に視線を送ると静かに首を横に振った。

「無理よ。足手纏いになるわ」

「ですが、おじ様はずっとここで……！」

「………だめよ」

ムーはそう言って隣の牢に向かって言った。

「いいんだよ、アマリリス」

「おじ様……？」

「もし逃げた後に、僕のことを覚えていたら助けにきてくれないか？」

「…………！」

アマリリスは男性になんて言葉を掛ければいいかわからなかった。

「でも……もしわたくしが逃げたことを知ったら、無事で済まないかもしれません」

「僕の心配はいいんだ。それに、長年ここで暮らしてきたせいか体力もなくて足も動かないんだ。話を聞かせてもらっていたけれど、とても長い距離は歩けない」

「そんな……！」

「残念だけど、今はあなたの安全を優先するわ。後で助けるチャンスはあるかもしれない。それに万が一追っ手がかかった場合は……」

そう言いかけた時、ムーは口元に人差し指を当てた。アマリリスが不思議に思い、辺りを見回した時だった。音もなく、ある人物がアマリリスの前に現れた。

「おい、ババア……今こいつらと何を話していた？」

「本当……コソコソと怪しいわ」

聞き覚えのある声に目を見開いた。そして一瞬でムーの背後に回ったのはラウルだった。メリッサもムーを疑うように視線を送っている。しかしラウルはボロボロの服と顔に大きな切り傷ができている。そのあまりの痛々しい姿にアマリリスは息を呑んだ。ムーは首にナイフを突きつけられているのにも関わらず、動じることなく平然としている。

「やっと追っ手を振り払ったと思ったら、なんかおもしれぇことしてんじゃん」

「王への報告が先じゃないのかしら」

「ははっ、んなもん関係ねーよ」

「好き勝手に振る舞うから、あなた達はいつまで経っても信用されないのよ」

「ちょっとオバさん、ラウルのやることに口出ししないで！」

「チッ……本当に口の減らねぇババアだな」

ムーからナイフが離れたのを見て、アマリリスは安心から小さく息を吐き出した。

「ミッドデー王国の背の高い女騎士と小さくてすばしっこい魔法士のせいで時間を食っちまったぜ。まぁ……強い奴と戦えて楽しかったけどな」

「よかったね、ラウル」

ラウルはそう言って満足そうにナイフを撫でて、メリッサはそんなラウルを嬉しそうに見つめている。アマリリスはラウルの言葉にベルゼルカとマシューの姿を思い浮かべた。

「最後にあのギラギラしたジジイが出てこなければ勝てたのにな……アイツは化け物だな」

「アイツってミッドデー国王のこと？　アタシがラウルと一緒にいたら勝てたかもしれないのに……」

「お前がいたら死んでた」

「もうっ！　ラウルの意地悪……」

「……はぁ、久しぶりに怪我しちまった」

　そう言ってラウルはヒラヒラと手を動かしたあとペロリと舌舐めずりをする。持ち上げた腕には大きな火傷の跡があった。

（もしかしてベルゼルカとマシューと戦った後にお父様がラウルに……？）

　本当は今すぐにベルゼルカやマシューが無事なのかを確かめたかったが、アマリリスはじっとラウルに視線を向けたまま表情を動かすことはなかった。ラウルの性格上、動揺したら面白がって情報を吐かなくなったり、嘘をついてしまうと思ったからだ。するとラウルのにやけていた顔が不機嫌そうに歪む。チッという舌打ちの後に「つまんねぇな」と声が聞こえた。

「あんまりにも腹立つからお前の部屋に忍び込んで荷物を奪ってきた。そん時のアイツらの顔は傑作だったぜ」

　アマリリスの前に投げ込まれる中身には、作り掛けの刺繍や薬が入っている小さなカバンがあった。どうやらラウルはミッドナイト王国で過ごしていたアマリリスの部屋に忍び込んで、これを持ってきたというのだから驚きである。

（そうまでして戦いたかったの？　わざわざ煽るような真似をして……）

　アマリリスにはラウルの考えが全く理解できなかったが、彼はこんなにも怪我をしてボロボロになっているのにも関わらず満足そうだ。カバン中を漁りながらアマリリスを揺さぶるものを探しているのだろうか。しかしピタリと手を止めた後にラウルは思いもよらないことを口にする。

「これが欲しい……！」

「へ……？・」

「めちゃくちゃかっこいいな。何よりオレ様に似合うじゃん？」

ラウルが持っていたのはアマリリスが刺繍しかけている銀色の狼が描かれていた布だった。何か攻撃魔法でも放てないかと考えて作っていたものだ。記憶の中ではあんなに恐ろしかったラウルが、今はまるで子供のようにキラキラと瞳を輝かせている。その姿を見て、アマリリスは思っていた。

（この人、本当に本能だけで生きているのね）

突拍子もない行動を取るラウルにアマリリスは開いた口が塞がらなかった。それはメリッサも同じようだ。

「こ、これはまだ作りかけで……」

「ああ、だな。なら今、これを最後まで作れ」

「はい⁉」

「ちょっとラウル！　そんな女が作ったものを欲しがるなんて……」

「オレは今すぐコレの完成品が欲しい」

ラウルがヒラヒラと揺らしていた布が牢の中に投げ込まれるのを慌ててキャッチする。ラウルはカバンの中身を鉄格子の隙間から少しずつこちら側に投げ入れてくる。

その背後でメリッサは唇を噛んで悔しそうに顔を歪めていた。

「これができるまで、オレはここで少し休む」

「ラウル……！　いい加減にしなさいっ！」

「なんだよ、ババア。食事は運び終わったんだろう？　テメェこそ、さっさとくだらねぇ命令ばかりしてくる王に報告しろよ」

「…………っ」

　ムーはその言葉を聞いて顔を歪めている。アマリリスも戸惑っていたが、何事もなかったかのようにラウルは地面の上に寝転がり眠り始めてしまった。メリッサが「ラウル～」と甘えた声で肩を揺らすが無視である。ラウルが追い払うように手を動かすとメリッサは頬を膨らませて立ち上がる。そしてアマリリスにベーっと舌を出して去っていった。

（三日後にここを出るのに、ラウルがここにいたら逃げられないわ……）

　一難去って、また一難である。アマリリスはムーと目を合わせた。ムーは身振り手振りを使ってアマリリスに意思を伝えてくる。刺繍を仕上げろ、ということだろう。途中まで仕上げてあるものの、これを三日で仕上げるのは些《いささ》か厳しいのではないだろうか。

（でも……やるしかない！）

　アマリリスは腕まくりをしてから準備を進めていく。ムーはアマリリスにチラリと視線を送った後に頷いて去って行った。短い蝋燭はゆらゆらと揺らめいている。時間は限られているし、間に合うかどうかもわからないが今は手を動かすしかないと思った。眠る間も惜しんで刺繍をしていると、ラウルは目を覚ましたのか体を伸ばしながらアマリリスの方を向いた。

「できたか？」

「そんなにすぐにはできないわ。あと新しい蝋燭を持ってきて」

「………」

「どうかしたの？」

「こんなとこに閉じ込められながら刺繍って、頭大丈夫かよ」

「あなたが完成させろって言ったんでしょう？」

「そうだったな」

「暗くて手元が見えないから早くして」

「………へいへい」

不満そうではあるがラウルは蝋燭を取りに向かったようだ。この間にユリシーズと連絡を取ろうと思ったが、一瞬で帰ってきたラウルにアマリリスは御守りに伸ばそうとした手を止めた。

新しい蝋燭を受け取ったアマリリスは作業を再開する。度々メリッサがやってきてラウルをアマリリスから引き剥がそうとしていたが彼の興味は完全にこちらに向いているようだ。その度にアマリリスはメリッサにキツく睨まれて文句を言われていた。

「なぁ……」

「何かしら」

「糸が光ってないか？」

「ミッドデー王国には光に反射してキラキラと輝く糸があるの。願いが叶う糸って言われている

ラウルが牢の隙間からアマリリスの手元を凝視している。顔を上げたアマリリスとラウルの目があった。銀色の髪と赤い瞳は偶然ではあるが刺繍をしている狼とそっくりだった。

「あなたにとってはそうかもしれないわね」

「へぇ……くだらねぇ」

のよ」

「あなたが今、刺繍しているこの狼に似ていると思って」

「………何見てんだよ」

「は……？」

「なんでもないわ」

ラウルはアマリリスの言葉に不満そうにしている。以前の荒々しさは嘘のように、ラウルは刺繍に興味津々といった様子だ。アマリリスは手を動かしながらラウルに問いかけた。

「ラウルはティムリムの出身なの？」

「ああ、そうだ。生まれた時から暗殺者として育てられた」

「家族は？」

「いない」

「メリッサとは恋人？」

「違う。殺されそうになっているところを助けたら懐《なつ》いた。それだけだ」

「そう……」

ラウルとメリッサの互いへの気持ちは大きく違うような気がした。メリッサは命の恩人であるラウルを愛して慕っているのに対して、ラウルはメリッサをどう思っているのかよくわからなかったが、二人の関係性が少しだけ垣間見えた。

それともう一つだけ気になることがあった。

「……あなたはどうして戦っているの？」

ムーとの会話からわかる通り、ラウルにティムリム王に対する忠誠心を感じない。アマリリスが問いかけると、ラウルは頭を掻きながらめんどくさそうに答えた。

「オレは戦うのが好きだ。ここでは強い奴が生き残る。シンプルでいい」

まるで無邪気な子供のようだと思った。あんなにも恐ろしかったラウルだが、彼が動く理由は単純だった。ラウルを突き動かすのは好奇心で、それは時として命も厭《いと》わない。しかしそれが強さの源なのだろう。

「ずっとここにいるけど、ティムリム王のところに行かなくていいの？」

「別に。最近はつまらねぇ命令ばっかりされるしな。前の王は頭ぶっ飛んでて面白かったけど」

アマリリスはラウルの言葉に手を止めた。意外にも聞けば色々と答えてくれるので情報を引き出せそうだと思った。ラウルによれば今のティムリム王は頭脳派で慎重に動いていくタイプのようだ。以前のティムリム王は力こそ全てで実力主義だったと彼は楽しそうに語った。しかし前の王が暗殺されて、今のティムリム王に変わってからは詰まらないとラウルは不満そうだ。そしてアマリリスに喋らされていることに気づいたのか、不機嫌そうに顔を歪めたラウルは不貞寝《ふてね》するように再び横になる。そして何も答えなくなってしまった。

アマリリスは気合いを入れ直すために頬を叩き、再び手を動かしていた。もう丸一日もユリシーズと連絡を取っていないことが心を騒めかせる。

（……ユリシーズ様、心配しているかしら）

早く早くと、はやる気持ちからか縫い目がズレたり糸が絡んだりしてしまう。

休まずにずっと手を動かしていたつもりが、どうやら知らぬ間にアマリリスは居眠りをしていたようだ。ハッとして慌てて起き上がり、口端から垂れていたよだれを拭う。変な態勢をとっていたからか、首や腕がゴキゴキと音を立てた。どのくらい眠っていたのか、隣の男性に聞こうとした時だった。

「おい、君。大丈夫か……？　しっかりしろ！」

隣の牢からは男性が心配そうに声を上げている。アマリリスが呼ばれているかと思い、急いで返事をする。

「おじ様……どうかされたのですか？」

「アマリリス、彼を見てくれ」

牢の外を見ると、ラウルの様子が明らかにおかしいことに気づく。荒く息を吐き出して体を縮こませて、腕を押さえながら苦しそうに悶えている。そしてラウルに寄り添っているメリッサは泣きそうになりながらもラウルの背を揺らしている。

「ラウル……？　ラウル！　ねぇ、どうしたの⁉」

「ぅ……っ、く」

「起きてよ……！　嫌っ、ラウル」

アマリリスは必死に声を上げるメリッサを牢の中から見ていた。ラウルの顔は赤くなり額には大粒の汗が浮かんでいる。意識が混濁しているのか目が虚だ。

（ろくに傷の手当てもせずに寝ていたから……火傷の影響かしら？　熱も出ているみたい）

「ラウル、誰かに手当てしてもらいましょう！」

「うるせぇ……！　こんなもん大したことねぇ」

メリッサを怒鳴りつけるように叫ぶラウルの胸は苦しそうに上下している。


「どうすればいいの……っ！」

今まで強気だったメリッサは目にいっぱい涙を溜めている。ラウルが心配なのだろう。隣の牢にいる男性も「このままだと……」と、呟いた。とメリッサが男性がいる牢を掴んで「どうにかしなさいよっ！」と叫んでいる。

（せめて薬があれば……！　そうだわ。丁度、わたくしのカバンに薬が……）

アマリリスは後ろを振り返り、カバンの中に入っている解熱薬と傷薬を取ろうとして手を止めた。ラウルは以前、マシューやベルゼルカ、そしてユリシーズに危害を加えてアマリリスを地獄のどん底に叩き落とした人物だ。

今だってアマリリスを無理やりティムリムに攫ったことで危険が迫っている。そしてこのまま牢の前にいられたら脱出の計画が無駄になってしまう。

（このままにしておけば邪魔をされることはない……でも）

そうわかっているのに目の前で苦しんでいる姿を見て放ってはおけなかった。アマリリスは薬を握ってメリッサ、ラウルに声を掛けた。

「メリッサ、ラウルにこれを飲ませて。あとは火傷部分に傷薬を塗れば少しは楽になると思うわ」

「……！」

「アマリリス、君は……」

「ごめんなさい、おじ様。でもこんなに苦しんでいるのに放ってはおけないわ」

メリッサは驚きつつも目を見開いてアマリリスを見ている。アマリリスが「いいから早く！水を持ってきて！」と言うと、メリッサは慌てて水を取りに向かった。

「……っぐ、はっ……お人好しが」

ラウルは相当辛いのか息も絶え絶えである。メリッサはコップに水を入れて地下牢に戻ってきた。ラウルの上半身をゆっくりと起こす。

「青い包み紙が解熱薬よ。水と一緒に飲ませて！　それから容器に入っているものを腕に塗って」

アマリリスから差し出された薬を震える手で受け取ったメリッサはラウルの口に解熱薬を入れてからコップを傾ける。

ラウルは苦味に顔を歪めながらも薬を飲み込んだ。メリッサは火傷部分に薬を塗っていく。スカートを引きちぎったメリッサはラウルの腕に巻いた。ラウルは再び横になると眠ってしまい、メリッサはラウルの様子を心配そうにずっと見ていたが食事を取りに行ってくると言って地下牢の階段を登っていく。

ラウルの寝息は先程よりもずっと静かになったようだ。アマリリスはそれを見てホッと息を吐き出した。

すると隣の男性が小声でアマリリスに声を掛ける。

「アマリリス、今なら少し連絡が取れるのではないか？　早く無事を知らせてあげた方がいい」

「はい！」

アマリリスは男性に言われた通り、御守りを取り出してから声を掛けた
「ユリシーズ様！　ユリシーズ様、聞こえますか？」

『――アマリリスッ、無事なのか!?　心配したんだぞっ！』

ユリシーズは小声ながらもアマリリスを心配してくれていたことが伝わるようだった。声を聞けるだけけこんなにも安心する。

「はい、監視が急に厳しくなって連絡が取れませんでした。ですが予定通りに動いてください。

なんとかします！」

『了解だ。無事でよかった……。明日、南の森の国境に人を集めておく』

「ありがとうございます！　ユリシーズ様にやっと会えるのですね」

「……」

「ユリシーズ様？」

『どうか無事に戻ってきてくれ……俺の願いはそれだけだ』

「はい。ユリシーズ様も気をつけて」

『何かあったらすぐに連絡をくれ』

　アマリリスは御守りを握りしめて頷いた。ラウルの瞳が薄っすらと開いていることにも気づかずに……。


　それから数時間後、アマリリスはラウルに出来上がった狼の刺繍を見せた。ほぼ休まずに手を動かしたせいか、疲労感で押し潰されてしまいそうだった。鉄格子の隙間から銀色の狼が刺繍された布を渡す。

「どうかしら？」

　アマリリスの問いかけにラウルはムクリと起き上がってから体についた土を払うと、数秒間に渡り刺繍を見てからもう一度アマリリスを見た。どうやら体調もよくなり、熱も下がったようで顔色もいい。

戻ってきたメリッサは隣で「こんなのの何がいいのよ……」と呟いた。

もしかしてやり直しを命じられてしまうかもしれないとドキドキした胸を押さえながら待っていると、何も言うことなく去っていってしまった。

重たい扉が閉まる音が聞こえて、アマリリスはその場に倒れ込むようにベッドに寝転んだ。

(嵐のようだった……！　でも間に合って本当によかった)

アマリリスは大きな溜息を吐いた。隣の男性から「よく頑張ったね」と声が掛かる。ラウルとメリッサの監視が外れたため、これで明日には牢の中から抜け出せると安堵感でいっぱいだった。

「よかったです」と返事をしたところまで覚えているが、眠気に耐えきれなくなりアマリリスは目を閉じた。

第四章　再会、本当の幸せ

ユリシーズはアマリリスから貰った御守りを握りながら祈るように額に当てた。

（どうか……どうかアマリリスが無事でいてくれ）

アマリリスが攫われたと知った時、目の前が真っ暗になった。部屋に残された『すぐ戻ります』というメモと争った形跡がないことから、自分から部屋を出たのではないかと推察できた。

アマリリスの護衛であるベルゼルカとマシューは馬に乗りアマリリスを追うために動き出す。ユリシーズもアマリリスを救いに馬を借りて二人の後に続いて駆け出した。

マシューの身につけている太陽石は光り輝いており、アマリリスの後を追っているようだった。頃合いを見計らってマシューに問いかける。そしてユリシーズの予想通り、ティムリムの方へ向かっているような気がしていた。

「近いか？」

「いいえ。かなりのスピードで進んでいるようです」

「こんな険しい道をか？」

「ですがこちらの方が早い。このペースなら追いつけるはずです……！」

マシューの言葉に頷いた。しかしそんな三人の前に現れた一人の男は待ってましたと言わんばかりに武器を取り出して、道を塞ぐように立っていた。髪や体は黒い衣装に覆われており目元しか見えない。赤い瞳はギラギラとこちらを見つめている。こちらが武器を構える暇もなく襲いかかってくる男は、型に嵌まらない身のこなしと、目にも止まらぬ早さで次々に攻撃をしてくる。

ヒュッとナイフが頬を掠ったと同時に、右足が腹部を狙って飛んでくる。なんとか腕で防ぐものの瞬きする間もなく、次の攻撃が飛んでくる。

最初は慣れない戦い方に苦戦を強いられていたが、慣れてしまえば反撃することができる。ユリシーズが剣を振ると男の腹部の衣服が裂けた。それを見た男は執拗にユリシーズを狙い、ナイフを向ける。刃物がぶつかる音が耳に届いた。剣を持ち替えてから左足を踏み込んで右足で回し蹴りをすると「おもしれぇ！」と楽しげな声が聞こえた。ベルゼルカも重たい太刀筋で男に攻撃しているが邪魔だと言わんばかりに暗器を投げつけてこちらに近づけないようにしている。

「マシュー、先に行け！」

今はアマリリスを救出することが第一だと、男の蹴りを腕で受け止めながら叫んだ。しかし、それを見越したかのように男が「行け」と声を上げると、どこからか大量に人が出てくる。それにはマシューも足を止めて応戦するしかなかった。

結局、煙に巻かれるようにして赤い瞳の男は「楽しかったぜ」と言いながら去って行った。

ユリシーズは再び追いかけようと馬に乗るが、マシューはその場に立ち尽くしている。マシューの持っていた太陽石から光が消えていることに気づく。

「もう追えません……」

「……！」

ユリシーズはアマリリスを救うことができなかった絶望感に襲われていた。剣の柄を握り、唇を血が滲むほど噛み締めていた。溢れ出す怒りは自分に向けられていたものだ。頭がどうにかなってしまいそうだった。ベルゼルカは隣で地面を思いきり叩いて、マシューも男達が去って行った方向を睨みつけていた。

しかしこのまま悔やんでいてもアマリリスは戻ってはこない。落ち込んでばかりいられないと、ユリシーズは二人に声を掛ける。

「マシュー、ベルゼルカ。すぐにこのことを今すぐにミッドデー国王に知らせてくれ。それからミッドナイト王国に連れてきてくれないか？」

「わかりました」

「俺は一度、国に戻る」

そのままユリシーズはミッドナイト王国へ。ベルゼルカとマシューはミッドデー王国へと向かった。

国に帰り、ユリシーズが首を横に振るとミッドナイト女王は眉を顰めて瞼を閉じた。瞳に涙を溜めたララカが「私がアマリリス様の側にいたら、こんなことには……」と、泣き崩れてしまう。ユリシーズは悔しさを噛み締めていた。

（……完全に油断していた）

アマリリスが体調を崩した件もそうだ。最近、真剣な顔で何かを考え込んでいることが多くなったアマリリスにユリシーズは気づいていた。体を鍛え始めたり、寝る間も惜しんで御守りを制作したり……武器を持ち歩くようになったことだってそうだ。

（アマリリスはこうなることを予感していたのか？）

そう思うと自分の安直すぎる考えが許せなくなりそうだった。


ユリシーズがミッドナイト女王に状況を知らせていた時だった。遠くから脇目も振らず走ってくるのは星読みの少女達のなかでもリーダー的存在であるエマリアだ。

度々、エマリアや他の少女達から熱い視線を感じていたため、ユリシーズは「アマリリス以外に気持ちは傾くことはない」とハッキリと告げた。しかしエマリアはまだ諦めた訳ではなかったようで、アマリリスに嫌な思いをさせてしまったことを悔いていた。

エマリアは暫く公爵邸で休んでいたはずだった。いつも身なりをキッチリと整えているが、今日は髪が乱れて慌てた様子だ。額は汗ばんでおり、急いで城にやって来たことがわかる。

「アマリリス王女はご無事ですか⁉　メリッサがアマリリス王女を……！」

周囲の表情を見てエマリアは悟ったのだろう。星読みの少女達を集めたエマリアはアマリリスについて予知した者がいると聞いていたようだ。しかし誰もアマリリスの危機を予測できなかったことがわかった。何かを感じたのは城の外にいたエマリアだけだったようだ。初めての感覚に星読みの少女達は戸惑っているように見えた。

ミッドナイト女王はメリッサの部屋を調べるように指示を出した。メリッサの部屋は星読みの少女やミッドナイト王国の歴史についての本で埋め尽くされていたそうだ。そしてかなり古い本がテーブルの上に開きっぱなしになっている。その本には「予知をさせないようにするには」……と書かれていた。そして床には魔法陣のような大きな円が描かれており、黒く塗りつぶされた月の石や魔導具などが置かれている。

ミッドナイト女王はそれを見て大きく目を見開いている。どうやら城にいる星読みの少女達の予知が上手く働かなかったことに関係あるようだ。

「何故この本が……⁉　禁書として厳重に保管してあるはずだっ！　すぐに調べろ」

どうやらメリッサは星読みの少女として働きながら、色々と調べていたようだ。

ユリシーズは額に手を当てて考えを巡らせていた。緊張からか手のひらが汗ばんでいく。ミッドナイト女王の表情も暗く厳しいものだった。ミッドナイト王国にいる間にアマリリスが攫われたとなれば、責任を追及されても致し方なく大きな問題に発展しかねない。

ミッドデー国王がアマリリスを溺愛しているのは周知の事実である。周囲の緊迫した空気と絶望感で言い争いをする大臣達を横目に、星読みの少女達も真っ青になっていて、次第に互いに責任転嫁や言い争いを始めてしまった。ミッドナイト女王はそれを諫めていたが空気は重いままだった。

このままでは再び二国に亀裂が入り、二度と手を取り合うことはないだろうと、最悪な考えがユリシーズの頭を過ぎる。

その日の真夜中にミッドデー国王とマシューとベルゼルカはミッドナイト王国を訪れた。いつも笑顔で明るいミッドデー国王の表情は今までにないほど固く険しいものだった。しかしミッドナイト女王が頭を下げるのを片手で制す。周囲が固唾を飲む中、ユリシーズが前に出る。アマリリスのメモやメリッサとティムリムのことについて状況を説明していた。

「アマリリスを守れずに申し訳ありません……！」

深々と頭を下げたユリシーズの肩にミッドデー国王は手を置いた。しかしその顔は怒りに満ちていた。今すぐアマリリスを救うためティムリムに向かいたかったが、これからどうするべきか話し合う必要がある。それはミッドデー国王も同じ気持ちのようだ。

その時、胸ポケットから赤い光が漏れたことに気づいたユリシーズが視線を向けた。

『お父様、ユリシーズ様……！　わたくしの声が聞こえていたら小さな声で返事をください！』

「ッ、アマリリス！　アマリリスなのか！」

ミッドデー国王の持っていた御守りにも同じように声が聞こえていた。ユリシーズが名前を呼ぶとアマリリスは簡潔に状況を説明する。その冷静さには驚いてしまう。

また連絡すると言って光が徐々に弱まっていく。ユリシーズは必死にアマリリスの名前を叫び続けたが返事はない。ミッドデー国王の問いかけにも答えない。どうやらアマリリス側から、こちらの声を通さないようにしているのではないかと国王から言われて納得した。

「またアマリリスから連絡がくるということですか？」

「ああ、ワシの魔力も通さないとは……。さすがワシの娘だ。しかしアマリリスが無事で本当によかった」

ミッドデー国王は小さな御守りを大切そうに握りしめていた。

「アマリリスをティムリムから取り返しましょう。絶対に」

「ああ、もちろんだ」

「我々も全面的に協力する。いや……させて欲しい」

今まで黙っていたミッドナイト女王が前に出る。

「この度のことは謝罪ではすまぬ。すべてわたしの責任だ」

ミッドナイト女王の言葉にエマリアを含め、星読みの少女達は震えながら頭を下げている。しかしミッドデー国王から返ってきたのは予想外の言葉だった。

「ミッドナイト王国のせいではないことくらいわかっている。だが、ワシは怒りで頭がどうにかなってしまいそうだ。一度でなく二度までも……っ！　ワシはもうあの国を許すつもりはない」

ミッドデー国王の怒りはティムリムに向いているようだ。そしてすぐにでも乗り込もうとするミッドデー国王をユリシーズは必死で止めていた。冷静に取り繕ってはいても相当、頭に血が昇っているようだ。

「何故止める⁉」

「それこそアマリリスが危険です！　アマリリスの身に何かあれば……！　彼女を無事に救い出すことが最優先ではないでしょうか？」

「……っ」

「バルドル王国にも助けを求めましょう。すぐに手を貸してもらい、まずはティムリムに交渉を持ちかけつつチャンスを窺うのはどうでしょうか？　すぐにバルドル国王に協力を求めます」

　ユリシーズの提案に周囲は目を丸くしている。バルドル王国で暮らし、王族とも密接な関係を築いているユリシーズだからこそ出てくる言葉だろう。

　ユリシーズはバルドル王国へ協力を求めた。ミッドナイト女王は星読みの少女達と共にどう動けば最善かを占い、ミッドデー国王はティムリムからの連絡を待っていた。アマリリスの魔法のように直接、声が届くわけではないが、太陽石を通じて紙に文字を焼き写すことはできるらしく、ミッドナイト王国を拠点に各々《おのおの》動き出した。


　予想通り、アマリリスを返してほしければ……というティムリムから無茶な要求が次々に届いた。しかしミッドデー国王はアマリリスの言う通り、すぐにその要求を飲み込む訳ではなく、強気の姿勢を貫いていた。

　逆にミッドデー国王は「アマリリスに手を出せば国は一晩で焼け野原になるだろう」と脅したそうだ。それはティムリムも予想外だったのだろう。次の出方を窺っているように思えた。

　その間、アマリリスからは時間はバラバラではあるが御守りから声が届く。ユリシーズは情報交換をしながらもアマリリスを少しでも元気づけたいと思いを伝えていた。長い時間、会話ができるわけではないがこの時間を毎日毎日待ち望んでいた。

「アマリリス、どうか無事で……！」

アマリリスは毅然と振る舞ってはいるが、声の震えや緊迫した状況から恐怖や緊張が伝わっていた。以前のように助けてあげることも触れることもできない。一人で平気なはずがないのだ。

(怖いだろう、辛いだろう……！　アマリリス、すまないっ)

なぜこんなにも自分が無力なのか、爪が皮膚に食い込むほどに手を握り込んでもアマリリスの不安を和《やわ》らげることも満足にできない。アマリリスに会えないことがこんなにも辛く苦しいだなんて、一緒にいる時は思いもしなかった。己の不甲斐なさが毎晩、ユリシーズを責め立てていた。

そして万が一に備えて、ミッドデー国王と共にティムリムに乗り込んで無理矢理、アマリリスを救い出す方法も考えていた。しかしそれは最終手段だろう。それに星読みの少女達はそのやり方に反対を示していた。今は流れが変わりつつあるからアマリリスの連絡を待つべきだと……。

次の日、アマリリスに大事な話があると言われて心臓が飛び出してしまいそうだった。

『一週間後、わたくしを牢から出して南の森の国境に逃してくれるそうです！』

しかしアマリリスが言ったのは思いもよらない言葉だった。

「何……？」

アマリリスの声色は明るいがユリシーズは罠ではないかと疑っていた。

「その話は信じていいのか？　罠ではないのか？」

何よりもアマリリスの身を案じていたユリシーズにとっては、アマリリスが傷つくことだけは避けたかった。

〝ムー〟という女性は牢の中でアマリリスを世話している女性で、ティムリムの未来を憂いているそうだ。御守りやナイフが見つかりそうになった時に庇ってくれたり、ペンダントを取り返してくれたと語った。

渋々、納得したものの、最後まで油断はできないと思っていた。

アマリリスとの会話をミッドデー国王とミッドナイト女王へ知らせに向かった。

そしてその日がミッドデー国王とティムリム王が直接、交渉の場に出る日だと知る。そのタイミングに合わせて国を出るようだ。やはり二人もムーに疑いの目を向けたようだが、今は信じるしかないという結論に至った。そして今回、欺《あざむ》かれるようならばこちらも最終手段として三国の兵力を集めてティムリムに乗り込み、制圧するということで話はまとまった。

ミッドデー国王もバルドドル王国と協力して連携を取りつつ、ミッドナイト女王も占いや星読みの少女達の言葉を聞きながら最善を尽くしていた。ジゼル、スペンサー、マクロネ公爵、オマリもアマリリスの危機に動いてくれている。

そして顔を合わせれば小競り合いばかりしていたミッドナイト女王とミッドデー国王は毎日、話し合いをしながら指示を出していた。

「エタンセル殿、一週間後まではバルドドル国王に任せて手紙で連絡を取る方がよい。強気な姿勢を貫いてもよいだろうが、あまり刺激を与えてはならぬ」

「ほう、そうか。ルナ女王の言う通りに手紙に切り替えよう。準備してくれ。バルドドル国王にはどう動いてもらう？」

「このままでよい。情報が漏れないように頼む」

「ふむ。マシュー、ベルゼルカは、バルドル王国へ向かい、王家周辺に怪しい影がないか確認してくれ」

今までの関係が嘘のように協力している二人を見ながら、ユリシーズもやるべきことをするために立ち上がる。ミッドデー国王はアマリリスへの思いが溢れすぎてしまうからと連絡はユリシーズに全て任せられている。毎日、アマリリスの言葉を聞きながら祈るような思いでいた。

(待っててくれ……アマリリス)


脱出の知らせから三日ほど経った時だった。ミッドナイト王国でアマリリスがいた部屋に何者かが侵入して荷物を持ち出したらしい。マシューやベルゼルカが対応して、ミッドデー国王がその後を追った。

どうやらティムリムのスパイだったらしく、取り逃したそうだがミッドデー国王によって深い傷を負わせたものの逃がしてしまったそうだ。アマリリスの荷物をわざわざ持ちにきてベルゼルカとマシューの前で見せびらかして煽るような真似をしたと聞いて驚いていた。


それからは待っても待ってもアマリリスから連絡が来ない。結局、何も音沙汰がないまま丸一日が経過した。ユリシーズは震える手で御守りを握っていた。

(まさかっ、アマリリスに何かあったのか⁉︎)

ユリシーズはじっとしていられずにミッドデー国王に知らせてから馬に乗り込んだ時だった。

『ユリシーズ様！　ユリシーズ様、聞こえますか？』

アマリリスの声が聞こえた瞬間、大きく目を見開いた。唇を噛みながらもアマリリスが無事なことを喜んだ。予定通りに進めて欲しいとの言葉にユリシーズは頷いた。もしこのままアマリリスが国境に現れないのなら強硬手段を取るつもりだった。

バルドル王国、ミッドナイト王国、ミッドデー王国の兵力を全て集めて、アマリリスを救い出して終止符を打つ。

（アマリリス、もう少し耐えてくれ……！）

アマリリスのいない世界など考えられない。ユリシーズはアマリリスからの言葉を伝えるために馬を降りて歩き出した。

何があったとしてもアマリリスだけは救ってみせる……その強い想いを胸に。

＊　＊　＊

体を揺らされる感覚にアマリリスは薄っすらと目を開けた。ぼんやりと視界に映るのは女性の影だった。

「起きなさい」

「……むっ？」

「ティムリム王はもう出発したわ。少し早いけど私たちもここを出ましょう」

アマリリスはその声に思いきり体を起こした。そこには黒い布で目元以外を全て覆ったムーの姿があった。そしてアマリリスにも身を隠せるような大きな黒い布が渡された。

どうやらラウルに刺繍を渡した後、アマリリスは眠り続けて、いつの間にかかなりの時間が経過していたようだ。アマリリスが逃げたことがすぐにばれないようにするためかベッドに布を詰めたり牢の中で細工をしているようだ。

ムーに「急いで」と急かされてアマリリスがカバンに荷物を詰めていた時だった。ムーが隣の牢を開けると、一人の細身の男性が現れる。連れていけないと言っていたムーだったが、何か心境の変化があったのだろうか。

「おじ様……！」

いつも助けてくれた男性にやっと会えると思うと嬉しさが込み上げてくる。しかし暗闇の中から出てきた人物にアマリリスは目を見開いた。水色の瞳が輝く目元以外、ブラウンの長い髪の毛と髭で覆われている男性の姿は衝撃的で、アマリリスは呆然とするばかりだった。まるで仙人のような姿に絶句していると、ムーはアマリリスと同じ黒い布を男性に渡す。

「ありがとう……感謝する。アマリリスのおかげだ」

いつもと同じ声に安心感が込み上げる。

「この子を逃すのに足手纏いだと思ったら置いていくから」

「構わないよ。ここから出られた……それだけで嬉しくてたまらない」

「話は後よ。早く行きましょう」

ムーの声に頷いて、アマリリス達は地下牢を抜ける階段をあがっていく。

重たい扉が開くのと同時に外に出る。辺りはまだ真っ暗で夜中だということがわかる。地下牢があった屋敷を抜けて、ムーの後に続いて建物の隙間を縫って移動していた。見つかってしまうかもしれないという緊迫感と張り詰めた空気に、アマリリスはバクバクと鳴る心臓を押さえていた。ずっと牢の中にいた男性はフラフラと覚束ない足取りで歩いていく。荒く息を吐き出していて辛そうだ。


それでも男性は外に出られたことが余程嬉しいのか、涙を流して鼻を啜りながらも頑張って足を進めている。灯りが少なく周囲はよく見えないが、ミッドデー王国やバルドル王国とも違う独特な建物が並んでいた。

護衛はムーが声を掛けていき、視線を逸らしながら進んでいった。手際よく街を抜けていき、あっという間に閑静な森の中へと足を踏み入れることができた。アマリリスがホッと息を吐き出すとムーから「油断しないで」と声が聞こえて肩を揺らす。

「ここから南の国境までが長いのよ。頑張りましょう」

ムーの言葉に頷いたが、アマリリスは前々から疑問に思ったことがあった。いくら国のためといえ見つかれば命の危険があるというのにムーがここまで動いてくれる理由がわからなかった。

それに牢の中からアマリリスと男性がいなくなったとわかれば、疑われるのは間違いなくアマリリスの世話をしていたムーだろう。

「ムーさんはこの後、どうするのですか？」

「……私の心配は無用よ。今はあなたが無事に国に帰る。それが私にとって一番大切なこと。それ以外はどうでもいいわ」

「………」

食事を持ってきた時に何度尋ねてもムーは同じことを言っていた。アマリリスはムーにある違和感を覚えていた。けれどそれを問いかけても絶対に答えてはくれないことはわかっていた。アマリリスは再び口をつぐむ。

（ムーさんは、これからどうするのかしら。このままティムリムに戻るのは危険だわ）

ムーは辺りを見回して警戒しながらも森の中を進んでいく。

アマリリスは御守りに向かって無線のように「今、街を抜けた」「森に入った」と連絡を繰り返していた。ユリシーズもアマリリスの状況を察してか「了解」と短い返事が返ってくる。

やっと国に帰りユリシーズに会うことができる。そう思うだけで涙が出そうになった。アマリリスが感極まっていると、ムーから再び「よそ見していたら危ないわよ」と声が掛かる。アマリリスはその言葉に気が引き締まる思いで歩き出した。

同じような景色を見ながら険しい道を進んでいく。かなり長い時間、歩いていたからか足がヒリヒリと痛んだ。

「……っ、もう歩けそうにない。先に行ってくれ」

男性がそう言って倒れ込むようにして地面に座り込んでしまう。

（このまま待っていたら追いつかれてしまう。でもこんなところに置き去りになんてできないわ。それに大切な人に会いたいという気持ちはよくわかるもの）

そう考えていたアマリリスはハッとする。何のために今まで厳しい訓練をしたのか。

（あんなに鍛えたのはきっとこの時のためよ！　わたくしならできるっ）

アマリリスはムーに声を掛ける。


「待ってください……！」

「まだまだ歩いていかなければいけないわ。残念だけど連れて行けない」

「アマリリス、もういいんだ。あそこから出られただけで僕は……」

「こんなところで諦めないでください！　大切な人に、愛する人に会いたくないのですか!?」

「……っ、わかっているよ。でもそれは君も同じはずだ！　恋人が待っているのだろう？　僕は少し休んでから行く。ありがとう、アマリリス。気にしないで先に進んでくれ」

しかしアマリリスはここで男性を置いていってしまえば一生後悔するような気がした。森の中では助けも呼べないし、辺りに目印らしきものはない。もし追っ手がかかれば男性の命はないだろう。

それにアマリリスは牢の中で男性にどれだけ助けられたかわからない。彼はアマリリスを励まし続けてくれた。

(諦めたくない……！　もう誰一人、大切な人を失って欲しくないもの)

皆に迷惑を掛けるとわかっているから男性はそう言ったのだろうが、この男性がどれだけ愛する人に会いたいかを牢の中で聞いていたアマリリスは知っていた。

「掴まってください……！」

「……アマリリス」

「わたくしが背負っていきますから」

「アマリリスッ、やめなさい」

「嫌です……！」

「あなたが……っ！」

そう言ってムーは唇を噛んで言葉を止めた。握っている拳がブルブルと震えている。しかしアマリリスはここで諦めるつもりはなかった。

アマリリスは踏ん張って男性の体を持ち上げる。ガリガリで骨ばった足を抱えて踏み出す一歩は重たいが歩けないほどではない。

「すまない……っ、恩にきる」

男性の声と体は微かに震えているような気がした。アマリリスも無謀な挑戦だとは思ったが、ここで見捨ててしまえばきっとユリシーズに笑顔で「ただいま」と言えないと思った。

「……っ。無理をしないで休み休み進みましょう」

「ありがとうございます！　ムーさん」

アマリリスは気合いを入れて足を進めていく。体力をつけていたお陰か、意外にも男性を抱えながら長い距離を歩くことができていた。

（今までやってきたことは全部無駄じゃない……！　少しずつ前に進めていたんだわ）

「ユリシーズ様っ、あと少しで目的地に着くそうです……！」

『アマリリス！　無事でよかった。エタンセル陛下と共にもう目的地には着いている。頑張ってくれ……！』

「お父様が？」

『アマリリスッ！　アマリリスウゥゥゥッ！』

「お父様、声が大きいです！」

『おお、すまんすまん。交渉の場はベルゼルカとマシューに任せてきた。ワシは待っているぞ、アマリリス……！』

「はい、お父様！」

力強いユリシーズと父の言葉にアマリリスは御守りを抱きしめるように胸で抱いた。明るい話題にアマリリスはホッと息を吐き出した。

ふと視線を感じて顔を上げるとムーと目が合った。一瞬ではあったが泣きそうな表情をしていたことにアマリリスは首を傾げていた。目元以外隠れているので表情は窺えないが、どうしたのか聞こうとするとすぐに視線は逸らされてしまう。アマリリスは体を休めながら進んでいたが、足場の悪い道を歩き続けて体力の限界が近づいていた。日が昇り、辺りは明るくなっていく。

もうすぐで目的地に到着する……そんな時だった。

「――――止まって！」

ムーが大声で叫んだ。その言葉に驚きつつも足を止めた。アマリリスは男性を木の側に下ろすと、ムーは武器を取り出してある方向を見つめている。アマリリスもナイフを取り出して辺りを見回した。ガサガサと葉が擦れる音が響き、木の裏から複数の人影が見えた。

「ムー、まさかお前が裏切るとはな」

聞き覚えのある声は今はここにいるはずのない人物のものだった。

「……ティムリム王」

ムーは唖然としている。ティムリム王は数人の兵士を連れて、どんどんとこちらに近づいてくる。

「まさか大事な取り引きの当日に逃げ出すとはな。ラウルとメリッサが知らせてくれなければ、大切な人質を逃すところだった」

「ラウル……ッ！」

ムーが怒鳴るように声を上げた。アマリリスはティムリム王の横に立つラウルとメリッサの姿を見て目を見開いた。

（……どうしてここに？）

交渉に向かったはずのティムリム王が何故、真逆のルートであるこの場所にいるのか。ラウルとメリッサが彼にアマリリスが逃げ出したことを伝えたのだとしたら……。

（もしかして、ラウルが薬を飲んで寝ていた時に、ユリシーズ様との会話を聞かれていたの……？）

裏切られた、という表現は正しいかはわからないが、怒りと悲しみが一緒に押し寄せてくるような気がした。疲れか恐怖かはわからない。アマリリスの足はガクガクと震えていた。

ラウルはいつもと同じような笑顔を浮かべたままこちらを見ている。メリッサは不満そうだ。

ムーの表情に焦りが滲んでいた。

（もう少しでユリシーズ様とお父様と会えるのに……！）

そう思って、アマリリスは周囲にはバレないようにナイフホルダーに手を伸ばしてユリシーズとお揃いの御守りを手に取った。

「メリッサ、ミッドデー国王達を足止めしておけ」

「了解」

メリッサはティムリム王の命令に返事を返すと、ラウルと視線を合わせて頷いた。そしてアマリリスを睨みつけてから去っていく。

この緊張状態の中で、どうやってユリシーズ達に状況を伝えればいいのか悩ましいが、このままラウルや複数の兵士達に勝てる気がしない。そのことがわかっているからムーも動けずにいるのだろう。

(声を出したらすぐにバレてしまう……！)

フッと息を漏らしたティムリム王が腕を上げて「捕えろ」と指示を出す。じりじりと追い詰められる感覚にアマリリスは片手に御守りを隠すように持って口元に近づけようとした時だった。

男性がフラフラと立ち上がり両手を広げた。それを見たティムリム王が不機嫌そうに眉を寄せた。

「何のつもりだ」

男性はアマリリスの方へ振り向いた。髭と髪でほとんど顔が見えないが、アマリリスと目を合わせた後に御守りが握られている手を見て頷いたのを見て、アマリリスは男性が何をしようとしているのかを悟る。

(……いつものように誤魔化すから連絡を取れということね)

アマリリスはその行動に応えるように頷いてから男性の後ろに身を隠す。

「まだしぶとく生きていたのか。何故、前の王がお前を生かしておけと言ったのかは知らないが、ここで終わりだ。それが嫌ならどけ。死に損ないめ！」

「どんな目にあったとしても僕は諦めない。アマリリスが僕に希望をくれたんだ」

「ずっと牢にいたせいで現実が見えなくなったか？」

「アマリリスは絶対に渡さない」

男性が声を張っている間にアマリリスは身を屈めてユリシーズに訴えかけるように小声で呟いた。

「ティムリム王に見つかってしまいました。助けてください……！　ユリシーズ様っ」

『……わかった！　すぐに向かう。何か目印になるようなものはあるか？　どこに行けばっ』

「──きゃっ⁉」

『アマリリスッ⁉　おいっ、何があった⁉』

いつの間にか背後にいたラウルがアマリリスの腕を捻り上げる。ユリシーズの声が遠のいていく。

「……ッ！」

「これで連絡をとっていたみたいだぜ？」

ラウルに手首を捻り上げられるようにして掴まれてしまう。御守りを包んでいた赤い光が消えていく。

「ほう……やはりか。おかしいと思っていたんだ。私を謀《はか》ったな。簡単に死ねると思うなよ？ムー」

低く恐ろしい声が響いた。

「このっ……！」

ムーがラウルに向かってナイフを持っている手を振り上げるが一瞬で蹴り飛ばされてしまう。

メリッサは彼がティムリムで一番強いと言っていたが、その意味がよくわかるような気がした。

ラウルはアマリリスを拘束したまま戦っている。そして男性も簡単に蹴り飛ばされてしまう。

「おじ様……!?　ムーさん！」

倒れた体が地面に叩きつけられるのを見てアマリリスは手を伸ばしたが、ラウルに体を引かれて届くことはなかった。

しかしムーは再び立ち上がり、ラウルを攻撃しているが彼には届かない。ついにはムーの腹部に蹴りが入り、体が吹っ飛んで木に叩きつけられてしまう。それを見たアマリリスは首を横に振った。

そしてラウルにアマリリスの手に握られた御守りを取り上げられてナイフで切り裂かれてしまう。

「あ………………」

「残念だったな。また牢に逆戻りだ」

ラウルの唇が大きく弧を描いた。アマリリスの前で細かな太陽石がパラパラと落ちていく。一瞬にして希望から絶望に突き落とされてしまいアマリリスは呆然としていた。

ティムリム王はフッと笑みを漏らして満足そうに笑っている。ムーも男性も兵士たちに捕えられてしまうが、ムーは兵士を倒して拘束を抜け出すとラウルの火傷で痛めている腕を思いきり蹴り飛ばした。頭部を覆っていた黒い布がパラリと落ちて、赤茶色の髪が見えた。彼女はアマリリスを守るようにして背に隠す。

「この子だけは絶対に渡さないわ！」

「へぇ、なかなかやるじゃん。お前、ただの下働きじゃねぇな？　まさか元暗殺者か？」

「あなたには関係ない」

「ムーさん……！」

アマリリスが名前を呼ぶと、チラリと視線を流しただけでムーは再び戦闘態勢をとる。大勢の兵士達に囲まれていて絶対絶命の状況でムーは必死にアマリリスを守るために戦うつもりのようだ。

「あなただけは絶対に守るっ！」

力強い言葉にアマリリスも地面に落ちていたナイフを握り応戦していく。しかし人数が多く、徐々に追い詰められていく。アマリリスは再びラウルに拘束されてしまい、首にナイフをつきつけられると、ムーはナイフを地面に落として手を上げた。

「私はどうなってもいい。この子は……アマリリスだけは解放して頂戴‼」

「……！」

ムーが震える声で必死に訴えかけているのを聞いて、アマリリスは何故か心がざわついた。

「ははっ、ムーよ。いつからそんな権限を持った？」

「後悔するわよ？」

「ふんっ、王女以外はどうなっても構わん。ムーの処理はティムリムに帰ってからだ。この男は捨て置けば勝手にくたばるだろう」

「………！」

アマリリスは必死に抵抗するが、ラウルが掴む腕はびくともしない。ムーは傷だらけになりながら暴れている。アマリリスに手を伸ばしながら叫んでいる。

男性も力尽きたのかされるがままだ。

そんな時、ラウルの手にアマリリスが施した狼の刺繍が握られていることに気づく。

（どうして今、これをわたくしに見せるの……？）

アマリリスが不思議に思っていると、ラウルの唇が僅かに動いた。それを見たアマリリスはラウルに抱えられながら思いきり息を吸った。

「――助けてぇぇぇぇっ‼」

アマリリスはラウルに言われた通り思いきり叫んだ。アマリリスの大きな声が森中に響き渡った。ラウルから伝えられたのは『さけべ』の三文字だった。狼のように吼《ほ》えろと伝えたかったのだろう。

「ラウル、今すぐ口を塞げっ！　何をやっている！」

ラウルはアマリリスを拘束していた手を離す。ムーも一瞬の隙をついて拘束から抜け出したようだ。そこでラウルがわざとアマリリスを逃したことに気づく。ヒラヒラと手を振ったラウルは一瞬で姿を消してしまった。

（ラウル、どうして……？）

しかし今はその理由を考えている暇はなかった。

アマリリスはムーを呼んで、倒れている男性の元に駆け寄った。容赦なく迫ってくるティムリムの兵士達を見て、アマリリスはあることを思い出してナイフホルダーに手を突っ込んだ。

（思いきり叫んだから、運が良ければユリシーズ様達が来てくれる。それまでなんとかして時間を稼いでみせる……！）

鷲の刺繍を施した大きめの御守りを握って魔力を流し込む。すると薄い光の膜のようなものがアマリリス達を包み込んだ。

兵士たちがナイフを振っても膜に阻まれて攻撃が通らないことに目を見開いている。

「チッ、太陽石の力か……！」

ティムリム王の舌打ちが聞こえた。その間にもどんどんと攻撃する人数が増えていく。アマリリスは歯を食いしばって耐えていたが、どんどんと光が弱くなってしまう。今のところ三人は守れているが魔力が持たなくなれば時間の問題だろう。

「ユリシーズ様……！」

じんわりと瞳には涙が浮かぶ。以前、牢の中はユリシーズやララカ、オマリにフランやヒートがいてくれた。だが、今回アマリリスは名も知らない男性やムーに助けられたものの、牢の中ではずっと一人で戦っていた。何度も危機を乗り越えてきたが、四六時中緊張と恐怖がずっと纏わりついていた。

やっとユリシーズに会える……そう思っていたのに最後にアマリリスが油断したせいで、また最悪な展開を招いてしまった。そう思うとやりきれない気持ちになった。

無意識に頬を涙が伝い、御守りを握る手が震えていた。その上からそっと重ねられる冷たい指。アマリリスが驚いて顔を上げると、ムーの暗い銀色の瞳と目が合った。そして何を思ったのかムーはアマリリスを守るように抱きしめた。

「ごめんなさい、アマリリス」

そんな声が耳に届いたがアマリリスはその言葉の意味を考えることはできなかった。

（もう、だめ……！　力がっ）

アマリリスが力を抜くと、薄い膜がなくなり御守りから光が消えた。ムーの腕に力が篭る。アマリリスもムーの腕を握り返して、覚悟を決めてギュッと瞼を閉じた時だった。


「――アマリリスッ！」

「……え？」

アマリリスの名前を呼ぶ声が聞こえたような気がした。気のせいかと思ったが、音のする方に視線を向けると、次第に地面が揺れるような震動と複数の足音と声が響き始めた。そして……。

「アマリリスッ！　無事かっ⁉」

今度はハッキリと耳に届くユリシーズの声。返事をするように「ユリシーズ様っ！」と大きな声で名前を叫んだ。アマリリスの瞳から涙がこぼれ落ちる。

目の前には、ユリシーズの姿があった。

アマリリスの方に徐々に近づいてくる彼を見ては夢ではないかと瞼を擦りたくなった。次々にティムリムの兵士達を剣で薙《な》ぎ倒していくユリシーズを目で追いながら呆然としていた。

ティムリム王を囲んでいるのはミッドナイト王国の騎士達とミッドデー王国の騎士と魔法士達だった。そしてティムリムの兵達は自軍に勝ち目はないことがわかったのか諦めたように剣を地面に落とした。次々に両手を上げるティムリムの兵士達。そこにラウルの姿はない。

ティムリム王が横で「クソ……ッ」と叫んだ後に「引くぞ」と焦ったように声を上げた。

その後ろからはミッドナイト女王。そしてミッドデー国王は怒りに顔を歪めてこちらに向かってくる。その顔は今までにない程に怒りに満ちているような気がした。背に見える轟々と燃え盛る炎は幻ではないだろう。

逃げようとするティムリム王と兵士達の周りを炎が一瞬で取り囲んだ。

「一度ならず二度までもワシの大切なものを奪うとは……！　覚悟はできているな？」

そう言った瞬間に辺り一面を覆い尽くす火柱が上がった。しかし周りは燃えておらず、兵士達は気絶して、ティムリム王は炎の波に飲まれていき、恐怖に慄《おのの》いている。震える手から鷲が描かれている御守りがポロリと落ちた。

（た、助かった……！）

それと同時にアマリリスの体から力が抜けて崩れ落ちるようにして体が傾いた。そんなアマリリスを支える逞しい腕と藍色の髪が見えてゆっくりと顔を上げる。

「無事でよかった……」

ユリシーズにそう言われた瞬間、視界が歪んで涙が次々と頬を伝う。温かい体温を感じて互いの存在を確かめるように強く強く体を抱きしめていた。

「アマリリスの悲鳴が聞こえて……俺は」

「来てくれて、ありがと、ございますっ……！　ユリシーズさまぁ」

「アマリリス、……一人にしてすまない」

「ユリシーズ様がいてくれたから、ここまで頑張れたんです」

「すまない……っ」

「〜〜〜っ！」

ユリシーズがアマリリスの頭をそっと撫でた。彼の目の下には深い隈が刻まれている。やはりいつアマリリスから連絡がきてもいいように常に起きていたそうだ。

大きな手と爽やかなミントのような香りに、本当にユリシーズと再会できたのだと嬉しさが込み上げる。本当は毎晩恐怖で眠れなかった。二度と会えなかったら、戻れなかったらと考えるだけで怖くてたまらなかった。考えないようにしていたが、不安は常に胸の奥にあった。そんな我慢が一気に溢れ出ていく。

涙と鼻水でぐちゃぐちゃになった顔も気にせずに思いきり泣き叫んだ。ユリシーズはアマリリスが落ち着くまでずっと抱きしめてくれていた。

「よくここがわかりましたね……わたくしの声が届いたのですか？」

「それもあるがメリッサが〝ティムリム王を捕えるチャンスよ〟と、ここまで連れてきてくれたんだ」

「メリッサが……？」

「ああ、格好は違ったが、間違いなくメリッサだった」

「まさか、そんな……」

メリッサは「アマリリスはこっちよ」と言って、ここまでユリシーズ達を案内したそうだ。そしてここに辿り着くといつのまにか姿を消してしまったらしい。

（メリッサはティムリム王の命令を無視したの……？）

それに関してはラウルも同様だ。裏切ったかと思えば、叫べと言って拘束を緩めたり、ユリシーズ達にティムリム王を捕えろと言ったりと、ラウルとメリッサの行動の意図がよくわからなかった。

一方、ラウル達は……。

アマリリスとユリシーズが再会を果たした頃、ラウルとメリッサは少し離れた木の上に座りながらその様子を見ていた。

「ラウル、これでよかったの……？」

「…………」

ラウルの視線はアマリリスが牢の中で懸命に刺繍していた布にあった。こちらを威嚇《いかく》する狼が見たことのない独特な絵柄で刺繍されている。糸は光の加減によってキラキラと輝いて見えた。

ラウルはアマリリスからコレを受け取ったあとから、暇があればこの刺繍を見つめている。メリッサはそれが気に入らなかった。

（ラウルはこんなの、どこがいいのよ……！　怖いし可愛くないし、何よりあの女が作ったものじゃない）

ラウルからティムリム王を裏切ることを伝えられた時、メリッサは驚愕していた。戦うことしか興味のないラウルが、結果的にはアマリリス達に手を貸すようなことをするとは思えなかったからだ。

ラウルは否定したが、やはりアマリリスに解熱薬と傷薬で命が救われたことで手を貸そうと思ったのではないかと考えていた。

今まで面倒な命令でもラウルのためならば我慢できた。ラウルとアマリリスについて情報交換をしながらメリッサは着々と連れ去るための準備を進めていた。成功すればラウルが誉めてくれる。ラウルが喜んでくれるならば、メリッサはどんなことでもできた。

メリッサは元々、ティムリムが大嫌いだった。この国に生まれた自分を恨んだ。大半の子供達が生き残れずに死んでいく。弱い者は生き残れない。それが当然だった。メリッサはどんな手を使ってでも生きることを諦めなかった。

ミッドナイト王国の血が混じっていたメリッサはティムリムで迫害の対象だった。皆、生きるために必死だった。メリッサの両親はもういない。それでも生き残れたのは予知の力があったからだ。

しかし力で押さえつけられたら敵わない。そんな時、気まぐれにメリッサの命を救ってくれたのがラウルだった。彼は圧倒的な力で周囲を蹴散らしていった。その理由が憂さ晴らしだったと知ったのは数年後だ。

メリッサはラウルに命を救われたあの時から国のためではなく、全てをラウルのために捧げて、ラウルのために生きていこうと決めたのだ。

メリッサは詳しくは知らないが、前ティムリム王が考えた計画の最終段階がミッドデー国王とミッドナイト王国をバルドル王国のパーティーで鉢合わせさせることだった。互いのせいにして両国の亀裂を深めて、バルドル王国の立場を弱めるために、長年の計画が実るはずだった……しかし、ティムリムにとって、どんどんと悪い方向へと事態は進んでいく。

それを阻止しようとして、ラウルとメリッサや他のスパイ達にも『アマリリスを誘拐しろ』という指示が下された。しかしミッドデー国王を出し抜くことは簡単ではない。つまりミッドデー王国では計画は実行できない。となると、ミッドナイト王国かバルドル王国にいる時がチャンスとなる。

ミッドナイト王国にやって来たアマリリスを観察しながらメリッサは思っていた。ラウル達をバルドル王国で追い詰めた彼女を警戒していたのだが、それは杞憂《きゆう》に終わる。

とにかくアマリリスは馬鹿みたいにお人好しで根っからの善人だと言うことだ。国と国を繋ごうと、自らを犠牲にして架け橋になろうとしているアマリリスがメリッサには輝いて見えた。

そして彼女はミッドデー王国の王女だ。それなのに体を鍛えたり、ふんぞりかえって偉そうに命令していたって誰にも文句は言われないだろう。なんならふんぞりかえって偉そうに命令していたって、ミッドナイト王国を理解しようと努力していた。アマリリスが悪女でユリシーズを騙しているかもしれないと情報を流して、メリッサがけしかけたエマリアにも冷静に対処してみせた。それには仮面を被ることも忘れて舌打ちしてしまう。

城では侍女達の手伝いをして、部屋では刺繍をしていた。休む間もなく動く彼女の原動力はなんなのか……。メリッサは不思議で仕方なかった。そしてそれがメリッサと同じで、愛する者への想いだと知って心が揺さぶられた。

ラウルもメリッサとは違う意味でアマリリスに興味を持っていたように思う。

そしてラウルの合図でアマリリスの拉致《らち》を決行することとなった。今まで心の中で毒づきながらも気弱で真面目な少女を演じていたのも全てこの時のためだ。エマリアや星読みの少女達に責任を擦りつける予定が、彼の気まぐれに振り回されて部屋に証拠を残していくことになってしまったが、もう二度とミッドナイト王国に戻ることはないため、どうでもいいと思った。メリッサは自分とは違って幸せそうに暮らしている星読みの少女達が大嫌いだった。

アマリリスが意識を失っている間、ラウルと荷馬車の中で話していたメリッサは興味深い話を聞いた。

「まるで未来が見えているみたいだった。バルドル王国であっという間にオレ様達を追い詰めていったんだ」

「この女はミッドデー王国の人間よ……？　予知の力はないわ」

「ああ、でもオレ様達は完璧だった。それなのに何か仕掛ける前に見破られたのは初めてだ」

そう言いつつもラウルは楽しそうだった。

アマリリスを牢の中に入れたら泣き喚くかと思いきや、メリッサは一度もアマリリスの涙を見ることはなかった。牢の中で顔色一つ変えないアマリリスが気に食わないのと同時に胸がざわついた。

そして、一番の驚きはアマリリスを拉致して牢の中に入れたラウルとメリッサを助けたことだろう。ラウルがこんなにも苦しんでいるのにメリッサはどうすればいいかわからなかった。ラウルは助けはいらないと言って、メリッサもそれに従ったが、このままではラウルがいなくなってしまうと思った。

（アタシ……どうしたらいいの？）

戸惑いと恐怖がメリッサを襲う。しかしアマリリスが手を差し伸べてくれたおかげでラウルは助かったのだ。薬を飲んだラウルの様子が落ち着いていくのを見てメリッサは安堵した。そしてアマリリスに感謝していた。アマリリスがあの時、薬をくれなければラウルはどうなっていたかわからないからだ。

ラウルはティムリム王に協力するフリをして、彼を誘《おび》き寄せると言っていた。メリッサはアマリリスの婚約者であるユリシーズとミッドデー国王達にアマリリスの居場所まで案内して、ティムリム王を捕らえるように促したのだった。

そして、あっけなくティムリム王は捕まった。

メリッサが考え込んでいるとラウルから声が掛かる。

「なぁ、メリッサ……」

「な、何？　ラウル、どうしたの？」

ラウルがこうして名前を呼んでくれるのは珍しいことだった。メリッサは慌てて返事をする。

「自由になったら何がしたい？」

「え………？」

メリッサはラウルの問いになんて答えればいいかわからなかった。ラウルが言った言葉なのかと耳を疑ってしまったくらいだ。しかしメリッサの答えは決まっている。

「ラウルと一緒ならアタシはなんでもいいわ」

「言うと思った」

　そう言って、ラウルは珍しく笑みを浮かべた。メリッサはラウルのどこか安心したような笑みに釘付けになっていた。徐々に頬が赤みを帯びていく。やはりラウルを心から愛して慕っているのだと、改めて思っていた。

「アイツらを見ていると、戦っているのが馬鹿らしく思える。何故だろうな……」

「ラウル……」

　ラウルの言葉にメリッサは何も返すことができなかった。彼を見つめていると、赤色の瞳と目があった。

「ティムリムも終わりだな……」

「……えぇ」

　メリッサはラウルの言葉に頷いた。どこか寂しげな表情を見つめながらなんて声を掛けようか考えていると、ラウルは立ち上がった。

「そろそろ行くぞ」

「行くってどこへ……？」

「さぁな……」

　メリッサはグッと手のひらを握った後に立ち上がった。

「アタシはずっとラウルの側にいるから！　どこだってついて行く」

「……！」

ラウルは一瞬だけ目を見開いたあとにフッと息を漏らした。

「馬鹿だな……お前は」

一瞬でメリッサの目の前に移動したラウルがメリッサの頭を撫でた。それだけで天にも昇る心地だった。

「ラウル、愛してる！」

「あー……聞こえねぇ」

「ふふっ……ラウル、大好き」

ラウルの腕を掴んで体を寄せながら歩いて行く。ラウルと一緒ならばどこまでも行けるような気がした。

＊　＊　＊

ティムリム王達を捕らえ終わったのか、ミッドデー国王がこちらに突進してくる。そしていつものように「――アマリリスウゥゥゥッ！」と名前を呼んでから腕を広げてユリシーズとアマリリスを思いきり抱きしめた。瞳にはじんわりと涙が滲んでいる。

「アマリリス、よく耐えてくれたっ！　さすがワシの娘だ……」

「おとっ、さま……！」

「無事でよかった。本当に……！　ありがとう、アマリリス。それからユリシーズも」

アマリリスは力強い腕に息苦しさを覚えていた。ユリシーズがそれに気づいたのかミッドデー国王の腕を叩いている。すりとミッドデー国王は「すまんすまん」と言いながら体を離した。

「アマリリス、大丈夫か？」

「ふふっ、はい」

ユリシーズはアマリリスの髪を整えるように優しく触れた。自然とアマリリスからも笑みが溢れる。先程まであんなにも体が緊張して強張っていたのに、今は喜びでいっぱいだった。

「もしユリシーズがいなければ、怒りに任せて全世界を燃やし尽くすとこだったな。アマリリスが無事で本当によかった。ハッハッハーッ！」

笑ってはいるがアマリリスを溺愛しているミッドデー国王はやりかねないと思った。アマリリスの涙は恐怖と共にスッと乾いていく。

「エタンセル陛下、それはやめてくださいと何度も言いました。いい加減にしてください」

「何を言う、ユリシーズ。ワシはちゃんと我慢した。頑張ったんだぞ！」

「可愛く言ってもだめです」

ツーンと顔を背けるユリシーズと反省するミッドデー国王の関係は誰が見ても良好に見える。アマリリスが知らない間に仲が深まっている二人を見て嬉しくなった。

「そうだわ。お父様に紹介したい人がいるの。わたくしが牢から脱出できたのはムーさんのお陰で……」

感動の再会を終えて自分を助けてくれたムーを紹介しようとした時だった。

「や、やぁ、ルナ……！　久しぶりだね」

「……！」

木の幹に寄りかかっていた男性が、ラウルに蹴られた脇腹を押さえながら、細くて折れてしまいそうな腕を上げた。相変わらず髪の毛も髭もすごい有様で目元しか見えない。

足は動かないのか懸命に腕を振ってアピールしている。男性の視線の先には、何故かミッドナイト女王の姿があった。

「まさか……！　そんな、嘘だろう？」

ミッドナイト女王は今まで見たことがないほど驚いた表情で口元を押さえた。アマリリスは男性がミッドナイト女王の知り合いなのかと思い問いかける。

「おじ様はミッドナイト王国の方だったのですか？　ルナ女王と知り合いですか？」

「ああ、そうだよ。もう国に戻るのは諦めていた。でもアマリリスのお陰でここまで……っ、ほんとに夢みたいだ」

そう言って男性は目頭を押さえた。ミッドナイト女王の知り合いならば、すぐに保護してもらえる。そして男性の大切な人にも会うことができるかもしれない。そう思っていたアマリリスに予想外のことが起こる。

いつもは滅多に感情を荒げることがないミッドナイト女王は脇目も振らずに男性の元へ駆け出して行った。そして男性を抱きしめたかと思いきや、その勢いのまま後ろに倒れ込んでしまった。

男性は「痛ッ！」と大きな声を上げたがミッドナイト女王は男性を抱きしめたまま肩を揺らし

て泣いている。そんなミッドナイト女王の姿に周囲は騒然としている。しかしすぐに怒鳴り声を上げて男性の胸元を掴んだ。

「モントールッ！　今までどこにいたかと思えばっ」
「ごめん……ルナ。本当に今までごめん」
「……馬鹿者ッ！」
「ずっと君と子供のことを想って過ごしていた。また会えてよかったっ！　まさか生きて会えるなんて」

二人の会話と親しげな様子を見て、アマリリスとユリシーズは顔を見合わせた。この内容からある答えに辿り着く。

（まさかこの方は、行方不明になっていたユリシーズ様のお父様⁉）

ユリシーズもそう気づいたのだろう。瞳は動揺からか大きく揺れ動いている。ユリシーズを探してミッドナイト女王に黙って国を出たミッドナイト王国の王配、モントール。そのまま行方不明になってしまったが、まさかティムリムに捕らえられていたとは、さすがのアマリリスも予想外であった。アマリリスもモントールの肖像画を見たことがあったが、今は毛に覆われていてその面影はない。

しかしよくよく見ればブラウンの髪や水色の瞳はモントールの特徴と一致する。あまりの予想外の出来事に唖然としていたアマリリスだったが、ミッドナイト女王に抱きしめられているモントールの今にも涙が溢れそうな瞳と目が合った。

「アマリリスは命の恩人だ。彼女が僕を救ってくれた」

「……おじ様」

「僕を背負ってここまで……っ！　大変だったろうに。本当にありがとう」

その目から大粒の涙が溢れている。ミッドナイト女王も深々とアマリリスに頭を下げた。

「ルナ女王、頭を上げてください！」

「アマリリス……モントールを救ってくれたこと深く感謝する……っ」

ミッドナイト女王は顔を上げると騎士達に指示を出してモントールを支えるように頼む。そしてユリシーズの手を取り、モントールの元へと連れていく。

「モントール、息子のユリシーズだ」

「ユリシーズ……!?　アマリリスがよく話していた恋人の名前が〝ユリシーズ〟だろう？　ということは……まさか！」

モントールは牢の中でアマリリスから間接的ではあるがユリシーズの話を聞いていた。それが自分の息子だったとは思いも寄らなかったのだろう。

「ユリシーズはバルドドル王国の孤児院に預けられて、マクロネ公爵家で育てられた。そして数カ月前にアマリリスと共に見つけることができたのだ」

「まさか……そんなっ！　ユリシーズ、そうか。よかった。生きて……生きていたんだな！」

ユリシーズを見て泣き崩れるモントールを見て、アマリリスの瞳から涙がこぼれ落ちた。ユリシーズは戸惑いつつもモントールの手を握り返した。

ずっとバラバラだった家族がやっと再会できた感動の瞬間だった。

ミッドナイト女王とモントールはユリシーズの体に縋《すが》るようにして彼を抱き締めた。間に挟まれているユリシーズはアマリリスに助けを求めるように困り顔で後ろを振り返る。

（ふふっ、ユリシーズ様は照れているのかしら）

太陽が空に昇り、キラキラの葉の隙間から光が入る。朝の澄みきった空気、さわさわと優しい風が吹いた。まるで三人の再会を喜んでくれているようだと思った。

「聞いてくれ、モントール。ミッドナイト王国とミッドデー王国は今、統合に向けて動いている。ずっと言っていたな。昔、二国が手を取り合えばもっと素晴らしい国になるのではないかと」

「ああ、アマリリスから聞いたよ。まさか牢にいる間に叶うとは思わなかったけど、とても嬉しいよ」

「何故モントールは、ティムリムに囚われていたんだ？」

「それはティムリムにユリシーズがいるのではないかと探っていたらスパイと勘違いされて、そのまま牢にいたんだけど、身分を明かしたら国を危険に晒《さら》してしまうと思ってずっと言い出せずにいたんだ。重要人物だと匂わせていたから、殺されることはなかったけど王が変わる度に忘れられていって……まいったまいった」

「――この馬鹿者がっ！」

「いやぁ……あははっ」

ミッドナイト女王は涙を浮かべながらモントールの胸ぐらを掴んで揺さぶっている。モントールはされるがままで笑っているが、その表情は毛で隠れていても喜んでいるとわかる。

ユリシーズがミッドナイト女王の手を止めるのをきっかけに次第に三人は楽しげに会話を交わしているようだ。

微笑ましい光景にアマリリスは感動から涙と鼻水を垂れ流して肩を揺らしていた。ミッドデー国王から渡されたハンカチでビーンと音が出るほどに鼻をかむ。

そしてティムリムからの脱出を手伝ってくれたムーを紹介しようと後ろを振り向くと、いつの間にかムーは背中を向けてどこかへ歩いて行く。アマリリスはムーを引き止めるように声を上げた。

「ムーさん⁉　待ってください！」

「ムー？」

ミッドデー国王は背を向けるムーを見て不思議そうに眉を寄せている。

「お父様、聞いてください！　ムーさんが牢の中でわたくしの世話をしてくれて、ここまで案内してくれたのです！　ムーさんがいなければ、わたくしはずっと牢の中だったと思います」

「……なんと！」

ムーはチラリと後ろを見たが、破れた布を手繰り寄せて口元を隠してしまう。すぐに視線を逸らしてからアマリリスの言葉を無視するように再び歩き出してしまう。

「ムーさん、どこに行くんですか？」

「………………」

「待ってください！　お礼がしたいんです。それに今、ティムリムに帰るのは危険ではないですか？」

アマリリスはムーを引き止めようと走り出すが、ギリギリまで酷使した足から力が抜けてしまい、ぺたりとその場に座り込んでしまう。ユリシーズが座り込んだアマリリスに気づいたのか、こちらに駆け寄ってくる。

「アマリリス……！　大丈夫か？」

「は、はい。申し訳ありません。皆様は……？」

「心配無用だ。無理をするな」

「ごめんなさい」

伸ばされた手に掴まり立ち上がり、彼に寄りかかるようにして支えてもらう。いつもはすぐにアマリリスに手を差し伸べそうなミッドデー国王は真っ直ぐにムーを見据えている。そして信じられないことを口にする。

「――――マヤ？」

「……!?」

「マヤなのだろう？」

「お父様……今、なんて？」

その問いかけにムーは足を止めた。そしてミッドデー国王の言葉を否定するようにムーは言葉を発する。

「マヤは死んだわ」

ムーはアマリリスに牢の中で答えたことと同じことを言ったのだが、ミッドデー国王は首を横に振り、真剣な顔でムーに視線を送り続けている。

「いいや、〝マヤ〟だ。間違いない」

「違うわ」

「顔を隠していても、どんな格好をしていてもワシにはわかるぞ！」

ムーは背を向けたままグッと拳を握った。何度かこのやり取りは続いたがミッドデー国王は引く気はないようだ。

「そういうところが嫌いなのよ……っ！」

ポツリと呟いた言葉と共にアマリリスはムーの……マヤの行動を思い出していた。極貧のはずのティムリムで豪華な食事を出してくれたこともそうだが、ティムリム王の前でアマリリスがナイフを持っていたとしても黙っていたこと、ペンダントを返してくれたこともそうだ。

国のためだと言って牢から出すことに自らの危険を厭わなかったのも、自分を犠牲にしてでもアマリリスを守り抜こうとしたのも、娘である『アマリリス』のためであるならば、辻褄が合うのではないだろうか。なのに、正体を明かすことなく去ろうとしている。

「お母、様……？」

アマリリスがそう呼ぶと、マヤの肩が今までにないくらい大きく揺れた。そのまま去っていこうとするマヤをミッドデー国王が急いで引き止める。手首をそっと掴んだミッドデー国王は祈るように呟いた。

「マヤ……行かないでくれ」

「――マヤはもう死んだのよッ！」

苦しそうな声で叫んだマヤの声は自分に言い聞かせるように思えた。

「生きていてくれて嬉しい。アマリリスを救ってくれたのだな！」

「……っ」

「マヤ、頼む。顔を見せてくれないか？」

ミッドデー国王にいつもの騒がしさはなく、真剣な顔をしていた。背後を振り返ったマヤの口元の布を優しく取る。ホッと安心したようなミッドデー国王は「やはりそうだ」と言ってマヤの手を握った。マヤの瞳には涙が浮かび、次々と頬に流れ落ちていく。唇は震えてはいたが、何か言葉を紡ぐことはなかった。

（……ペンダントの写真と同じ。どうして気がつかなかったの？）

間違いなく、アマリリスの母親である『マヤ』だった。マヤの腕を引いて体を包み込むように

して抱きしめたミッドデー国王は暫く黙ったまままずっと動かなかった。まるで離したくないと全身で物語っているように思えた。

「……マヤ、どうかワシの元に戻ってきてくれ」

その言葉にマヤは大きく首を横に振った。

「私はあなたと国を裏切ったわ。許されるわけないのよ」

マヤは顔を上げてミッドデー国王を睨み上げるると、胸を押して体を離した。もう涙は止まっていて表情はなくなっていた。強い風が吹いて、巻いていた黒い布が風に靡いていた。どこか諦めた表情のマヤは口角を少しだけ上げた。

「最後に、あなた達に会えてよかったわ」

「…………マヤ！」

「お母様、あの……！」

「あなたにそう言われる資格はない。私はあなた達を守れなかったわ」

マヤはそう言って瞼を閉じた。一歩、また一歩と後退するマヤの手首をミッドデー国王は離すつもりはないようだ。

「お願いだから、離して」と、マヤの悲痛な声がアマリリスの耳に届いた。ユリシーズやミッドナイト女王達も心配そうにこちらを見ている。

ユリシーズもアマリリスもバルドル王国の孤児院に置き去りにされたところは同じだが、その過程は少し違っている。ユリシーズはミッドナイト王国から連れ去られたが、アマリリスはマヤと共に馬車で移動している時に襲われて遺体も見つからないまま姿を消した。

今ならばその理由がわかるが、ミッドデー国王を恐れてのことだろう。

「どうして……何か理由が？」

アマリリスの口から漏れた言葉にマヤは顔を伏せて何も言わなかった。アマリリスもマヤの反対側の手を握った。大きく目を見開いたマヤは吐き捨てるように言った。

「理由があってもなくても同じことよ。私が裏切った事実は変わらない」

「話してください。でないと絶対に手を離しませんから！」

アマリリスの言葉にマヤは小さく首を横に振り、観念したように呟いた。

「…………。アマリリスの命を守る代わりに従うように脅されたの」

「…………マヤ」

「エタンセルがいない状態では命令に逆らえなかった。アマリリスだけは……絶対に守りたかった」

マヤはアマリリスを見て視線を逸らしてから唇を強く噛んだ。そこには悔しさや後悔、悲しみが込められているような気がした。

マヤはアマリリスを守るためにペンダントを預けてバルドル王国にアマリリスを置き去りにした。そうしなければアマリリスの命はないと脅されたからだ。マヤはミッドデー国王と王国を裏切る形となり、自分の死を偽装し名前を変えてティムリムで暮らしていたそうだ。

（ムーさんは……いいえ、お母様は悪くないわ。アマリリスを守ろうと必死だった。今もそう

……ボロボロになってもアマリリスだけは守ろうとしていた）

名前やナイフ、そしてペンダントを所持していたことで自分の娘だとわかっていたはずなのに、正体を明かすことなく最後までアマリリスを守ろうとしていた。そんなマヤの気持ちを考えると胸が苦しくなった。

そしてアマリリスも、マヤにどう声を掛ければいいかわからなかった。しかしアマリリスがマヤによって助けられたのは事実だ。マヤがいなければ絶対に牢から出られなかった。そうでなければミッドデー国王は苦しい選択を迫られていたに違いない。アマリリスは反対側の手でミッドデー国王の手を掴み、もう片方でマヤの手を握った。

大きく見開かれたマヤの濡れた暗い銀色の瞳を見てアマリリスは笑みを浮かべた。

「わたくしを助けてくれて、ありがとうございます。お母様」

「……！」

「どうかこのまま、わたくし達と一緒にいてくださいませんか？」

アマリリスの言葉にミッドデー国王とマヤは動きを止めた。しかしアマリリスがそう言わなければマヤは絶対に戻ってきてはくれないと、そう思ったのだ。

「な、にを……」

「お父様はいつも、お母様を想ってました。ミッドデー王国に戻って来てください」

「アマリリスの言う通りだ。マヤ、戻ってきてくれ」

「いいえ、戻れないわ！　私は……っ」

その言葉を遮るようにアマリリスはマヤにしがみついた。ナイフと同じ香辛料の香りがふんわりと鼻につく。何故だかわからないけれど、涙が溢れて止まらなかった。

ミッドデー国王はその上から二人を包み込むように抱きしめた。マヤは俯いた後に大きく肩を揺らした。

何度も何度も謝るマヤの言葉を聞きながらミッドデー国王は黙って静かに涙を流しながらアマリリスとマヤを抱きしめていた。

今回の件が国に与えた影響は計り知れないものだ。しかしそれ以外にマヤとアマリリスが生き残る道はなかった。理由がわかった今ではマヤの選択を誰も責めることはできないだろう。マヤにはこのままミッドデー国王の側にいて欲しいと思った。

「もう〝ティムリム〟はなくなる。ゆっくり話そう、マヤ」

「お母様……一緒に行きましょう」

アマリリスとミッドデー国王の言葉にマヤは小さく頷いた。三人で鼻を啜りながら抱き合っていた。問題はまだ山積みではあるが大きく前に進めたような気がした。そこからすぐに熱烈に愛を囁くミッドデー国王とマヤの攻防戦が始まった。

「マヤァアァァッ！　月日が経っても何故こんなに美しいのか……！」

「いい加減にしてっ」

「ずっとずっとマヤを愛していたぞ！　マヤッ！」

仕舞いにはあまりにもしつこいミッドデー国王に苛立ちを滲ませたマヤに片手で顔を鷲掴みにされながら拒絶されているが、それすらも嬉しそうである。国一つ簡単に潰せる強大な力を持っているはずなのに、愛する妻と娘の前では真っ直ぐで無邪気な子供のようだ。

感動の再会を終えたミッドナイト女王とミッドデー国王は一瞬で気持ちを切り替えたのか、周囲にテキパキと指示を出していく。アマリリスはホッと息を吐き出しながらユリシーズの手を握っていた。

「これから、いい方向に向かうといいですね」

「ああ、きっと大丈夫だ。ありがとう、アマリリス」

ユリシーズとはたくさん話したいことがあったが、視界がクラクラと歪んでいることに気づく。

（あれ……？）

そう思った瞬間、体から力が抜けていく。ユリシーズの大きく見開いた金色の瞳と目があった。

焦ったようにユリシーズの口が開いたり閉じたりしているのを見ながら重たい瞼を閉じた。

＊　＊　＊

アマリリスが目を開くと真っ白な天井が見えた。首を動かすと部屋の中は明るい。

(牢の中……じゃない?)

アマリリスが寝ているのは硬いベッドではなく、柔らかくてふわふわとしたベッドの上だった。ここはもう真っ暗な牢の中ではないようだ。

アマリリスは自らを落ち着かせるように大きく息を吸った。そして反対側を見ると、ユリシーズがベッドに寄りかかって眠っている。長い藍色の髪が白いシーツに散らばっていた。包帯が巻かれた腕を伸ばしてユリシーズに触れようとすると、ユリシーズがアマリリスの反対側の手をずっと握っていることに気づく。

(ユリシーズ様、ずっと側にいてくれたのね)

アマリリスは手を握り返しながら自分の方へと引き寄せてから唇を寄せた。

「アマリリス……?」

「すみません。起こしてしまいましたか?」

「いや、いい」

「ユリシーズ様は、ずっとここに?」

「あぁ、またアマリリスが誰かに連れ去られたらたまらないからな」

「あはは、もう大丈夫ですよ」

「ん……だが側にいられないのはもう嫌なんだ。暫くはアマリリスと離れられそうにない」

ユリシーズは仕返しとばかりにアマリリスの手の甲に口付けた。くすぐったさに笑みを溢すと、唇に柔らかい感触がして、驚いていると悪戯《いたずら》に笑ったユリシーズの顔が見えた。アマリリスは筋肉が引っ張られるような痛みを耐えながらも上半身を起こしてからユリシーズの首に腕を回して引き寄せた。慌てたユリシーズが元に戻ろうと体を引くがアマリリスは離さなかった。

そのままベッドに倒れ込んで笑みを浮かべて再会を喜んでいた。やっと見慣れた場所に戻れたことで強張っている体から力が抜けていく。

「あの後、アマリリスは意識を失ったんだ。心臓が止まるかと思った」

「わたくしがですか？」

「ああ」

アマリリスは体力の限界を越え、緊張が解けたのだろう。気絶するように意識を失ったそうだ。ユリシーズが倒れたアマリリスを抱き止めてくれたらしい。しかし気持ちよさそうに眠っていたアマリリスを見て安心したユリシーズ達はミッドデー王国に戻ったそうだ。それから丸二日、眠り続けて今に至るそうだ。

（……ちゃんと、戻ってこられたんだわ！）

アマリリスは皆との再会が夢でないことをユリシーズに確かめていた。そして現実だとわかった瞬間に安心感から体から力が抜けていく。

二度目の牢の中は、ハプニングの連続ではあったが多くの幸運と奇跡をもたらしてくれた。ユリシーズの父親とアマリリスの母親が同時に再会を果たすことができたのは、未来が大きく変わった証拠だろう。アマリリスはペンダントを祈るように握りしめた。

（アマリリス……ううん、凛々。本当にありがとう）

アマリリスの考えていた予定とはだいぶ違う形になってしまったが、明るい未来を切り開けたことに喜びを感じていた。

ユリシーズと話しているとララカが声を聞きつけたのか、大粒の涙を流しながらベッドに駆け寄った。ララカの後ろからはマシューやベルゼルカが続く。

「お守りできずに申し訳ありません」と深々と頭を下げる二人にアマリリスは首を横に振った。これからも護衛を続けさせてほしいという二人にアマリリスは「もちろん」と頷いた。

森の中を駆け抜けたため、木の枝や葉で怪我をしていたアマリリスは部屋で数日間、療養していた。そしてあの時、炎に囲まれて捕らえられたティムリム王はアマリリスの前に二度と姿を現すことはなかった。ティムリムは王を失い、混乱している民達はバルドドル王国が保護することとなったそうだ。今、ミッドデー王国とミッドナイト王国が国の統合に忙しいのもあるが、星読みの少女達も予知と話し合いによりバルドドル王国に任せた方がいいということになった。

反乱分子はバルドドル国王とスペンサーによって見事なまでに炙り出された。そしてミッドデー王国とミッドナイト王国も必要な資金を提供して、三国は協力するような形でティムリムは無事にバルドドル王国と統合することになった。

ティムリムの民達はマヤの言っていた通り、ほとんどの者がバルドドル王国に保護されることを喜んだそうだ。

アマリリスはユリシーズとお揃いの御守りを作り直しながら考えていた。ラウルとメリッサはあの後、忽然と姿を消して捕まることはなかった。まさか二人がアマリリスに手を貸してくれるとは思わなかった。

(どうしてティムリム王を裏切ったの……？　あの時、ラウルを助けたから……ではないわよね？)

手を動かしつつもラウルとメリッサのことが頭から離れなかった。アマリリスはふと部屋の外を見た。木が不自然に大きく揺れているような気がした。

――トントンッ

扉がノックする音が聞こえてアマリリスは返事を返す。部屋に入ってきたのはミッドナイト女王と見覚えのない男性だった。

「やぁ、アマリリス」

「あの……どちら様でしょうか」

「えっ!?　僕だよ僕！　まさか忘れてないよね？」

「ま、まさかおじ様ですか!?　本当にっ？」

「あははっ、アマリリスにおじ様と呼ばれるとなんだか照れるなぁ。今度からはお義父さんと呼んでいいんだよ？　いでっ！」

「アマリリスにそのようなことを言うな。馬鹿者が！」

ミッドナイト女王に耳を引かれて痛がるモントールは不満を漏らしながら口を尖らせて文句を言っている。しかしギロリと女王に睨まれたことで気まずそうに視線を逸らした。

声を聞いてわかったが、共にティムリムの牢を抜け出したミッドナイト王国の王配モントールだった。

以前は長い髪と髭で覆われぼろ布をまとっていたモントールだったが、今は髪を整えて、髭を剃り、きちんとした服を着ている。その姿は信じられないくらい若々しく美しい。

どことなく優しい目元がおじ様を彷彿《ほうふつ》とさせるが、とても同一人物とは思えなかった。ユリシーズがここまで美しい理由もわかったような気がした。モントールはゆっくりと椅子に腰掛ける。

「髪や髭を綺麗にしてもらって今はリハビリ中なんだ。体力がなくてさ、何をするにもすぐに息切れしてしまうんだよ」

「そうなんですね」

「久しぶりにミッドナイト王国に帰ったら異世界だったよ。何もかも変わりすぎて驚きだ」

おっとりとしてお喋りなモントールはミッドナイト女王とは真逆に見える。そしてどことなく二人はミッドデー国王とマヤと似た関係だと思いつつもアマリリスは話を聞きながら頷いていた。

長年、牢の中で過ごして満足な栄養も取らずにいたモントールは、体力が戻るまでは暫くかかるそうだ。それから二国が統合することの喜びについて熱く語っていた。

「まさか僕が生きているうちにミッドデー王国に入国できるなんて信じられないよ！」

ミッドナイト女王やモントールがミッドデー王国を訪ねてきたことが既に大きな一歩なのだろう。どのくらい時間が経ったのだろうか。窓の外は夕陽が沈み、月が昇り始めた。

途中で合流したユリシーズが、ミッドナイト女王にアイコンタクトを送る。

「モントール、そろそろ行くぞ。アマリリス、ゆっくり休んでくれ」

「ああ、すまないルナ！　アマリリスとこうやって顔を見て話せることが嬉しくて話しすぎてしまった。僕の息子、ユリシーズの愛する人が君でよかった。本当にありがとう、アマリリス」

モントールとミッドナイト女王はアマリリスに深々と頭を下げた。アマリリスは驚いて慌てて「頭を上げてください」と言うと、モントールは涙を浮かべながらに震える声でこう言った。

「アマリリスは僕達の恩人だ。本当にありがとう……！」

「アマリリス、そなたに心からの感謝を」

「いえ……！　そんな」

「ありがとう、アマリリス」

「ユリシーズ様……」

ミッドナイト王国でもアマリリスがティムリムから王配を救い出したことが伝わり、アマリリスが英雄だと祭り上げられているらしい。ミッドナイト王国の国民は皆、アマリリスに感謝している。この件をきっかけに皆が二国の統合に前向きになってくれたそうだ。

時が戻る前はあんなに苦労した国の統合が、アマリリスの知らぬ間にうまくいったことに驚いていた。三人の幸せそうな表情を見ると自然と涙が込み上げてくる。ユリシーズがそんなアマリリスに気づいて「泣き虫だな」といって、ハンカチで涙を拭ってくれた。

ユリシーズが幸せそうに笑っている顔を見ていると、こちらまで嬉しくなってしまう。ミッドナイト女王達は一晩泊まってから国に戻るそうだ。ユリシーズも「ゆっくり休んでくれ。また明日」と言って去って行った。ユリシーズはミッドナイト王国には帰らずに暫くはアマリリスの側にいてくれるらしい。


そしてその日の晩、アマリリスの部屋にはミッドデー国王とマヤが一緒に訪れてきた。

常に愛を囁いているミッドデー国王にマヤから容赦ないグーパンチが顔面に食い込んだ。大きな体が吹っ飛んでいくが国王は頬を押さえながらもとても嬉しいそうである。何事もなく起き上がり、再びマヤに突撃しようとするミッドデー国王をマヤは片手で押さえ込んでいる。その顔は無表情で目が死んでいた。

以前の二人の関係がなんとなく見えてきたところでアマリリスは苦笑いを浮かべた。

マヤの処遇については、アマリリスが牢の中でのマヤの行動や追い詰められた際に自らを犠牲にしてもアマリリスを最後まで守ろうとしたこと。

赤ん坊のアマリリスをバルドル王国に置き去りにしたことも、マヤが望んだわけではなくティムリムに脅されてやったことを話した。ミッドデー国王にとっても、マヤがいることで明らかにプラスになっているということで再びミッドデー王国で一緒に暮らせることになった。

ミッドデー国王は今までにないくらい喜んでいた。ミッドデー王国ではアマリリスとマヤが戻ったことで毎日のようにお祭り騒ぎだそうだ。どれだけミッドデー国王とマヤが国民に愛されているのかがわかる出来事だった。

それに『ティムリム』という国がなくなったことも大きいだろう。

マヤがアマリリスに向ける表情はとても優しく愛に満ちているようだ。しかし今もアマリリスに触れる時は遠慮気味である。

「お母様……！」

「アマリリス、体調はどう？」

「元気です！　早く動き回りたいくらいですわ」

「そう。よかったわ」

最近では名前を呼んで笑顔を見せてくれるようになった。アマリリスが手を伸ばすとマヤはそっと抱きしめてくれる。ミッドデー国王はその様子を見ながら嬉しそうに涙を流して頷いている。

そしてアマリリスはふと思い出すようにペンダントを手に取った。

「これは、元々お母様のものですよね？」

「……！」

そしてマヤの手にペンダントをそっと渡す。孤児院にアマリリスを置いた際にマヤはアマリリスと一緒にこれを置いていったのだとシスターが教えてくれた。もしかしたらアマリリスが気づいてくれるのを願っていたのかもしれない。しかしマヤは首を横に振った。

「あなたが持っていていいのよ」

「え……？」

「魔力がない私には、あの写真を出すことはできないから」

アマリリスはペンダントを再び首元へつけるために手を伸ばす。モタモタしているとマヤが手伝ってくれた。また戻ってきたペンダントに安堵していた。これは家族の大切な写真が写っているが、凛々との唯一の繋がりであるからだ。

マヤには数日掛けて、今までのアマリリスの歩んできた人生について話していた。養子として迎えられた家族から愛されなかったこと。その家族を見返すために第二王子の婚約者まで上り詰めたが『悪女』と呼ばれていたこと。そして冤罪で牢に入れられて、ユリシーズに助けられて婚約者になったこと。

マクロネ公爵邸で幸せに暮らしていたが、ユリシーズと共に出席したパーティーで初めてアマリリスの父であるミッドデー国王と再会して自分が王女だと知ったこと。ユリシーズとの結婚を機に、国を一つにまとめようと動いている途中に攫われたところまで話すと、マヤはアマリリスを抱きしめて「一人にしてごめんなさい」と何度も何度も呟いていた。震える指と声、流れる涙を見て、アマリリスはマヤの背に手を回す。そしてミッドデー国王は二人の体を包み込むように抱きしめた。

（アマリリスはこんなにも愛されてたのね）

マヤはアマリリスの額にキスを落として、ミッドデー国王はアマリリスを抱きしめてから「おやすみ」と言って去っていく。ララカに寝る前にハーブティーを淹《い》れてもらう。窓を開けて外の空気を感じながら椅子に寄りかかって満天の星空を見上げていた。

ララカも「おやすみなさい」と言って部屋を出た。アマリリスの部屋の真下にいるベルゼルカとマシューに手を振った。特にベルゼルカは以前にも増して周囲を警戒するようになっていて、護衛として申し分ないのだが気合いが入りすぎていて圧を感じる。そんなベルゼルカをマシューが諫めている。

アマリリスは二人と暫く話してから窓を閉めてベッドに座り、サイドテーブルにある作りかけの御守りを手に取った。

（ユリシーズ様、喜んでくれるかしら……）

刺繍が施されている枠を手に取り、面を埋めながらこの先の未来のことを考えていた。アマリリスの未来は大きく変わり、これで新婚旅行の時にティムリムの兵士達に襲われることはないだろう。国同士の関係性も時が戻るよりもずっとよくなったように思う。

これ以上ない最高の結果となったことに満足していた。

（本当によかった……）

体調が戻るとアマリリスはバルドル王国へと向かった。今回はミッドデー国王とマヤも一緒だった。アマリリスのために動いてくれていたバルドル国王達に御礼を言うためだ。ユリシーズはまるで護衛の騎士のようにアマリリスにベッタリであった。ユリシーズはアマリリスに対して以前よりもずっと過保護になってしまった。

マクロネ公爵邸で待っていたジゼルとミッチェルは心配してくれていたのか、アマリリスの姿を見ると泣きながら抱きしめてくれた。

「アマリリス、おかえりなさいっ！」

「おかえりっ、無事でよかったわ……！　本当に、心配したんだからっ」

「ありがとうございます！　ミッチェル様、ジゼルお姉様」

数日間、バルドル王国に滞在したのち幸せな気持ちのまま、ミッドデー王国へと帰った。

そしてユリシーズも暫くは家族水入らずで過ごすそうで、ミッドナイト王国に向かったのだが、最後までアマリリスの側にいようかと悩んでいた。

「ユリシーズ様、迎えがきてますよ！」

「だがアマリリスが……！」

「わたくし達も数日後に向かいますから」

「やはり俺もアマリリスと共に……」

「大丈夫ですから！」


その後、アマリリスはユリシーズを追いかけるようにミッドナイト王国へ向かったのだが、その時の歓迎っぷりは凄まじいものだった。

星読みの少女達がアマリリスを助けるために協力してくれたと聞いたため、お礼を言いに向かうと、彼女達は涙ながらに謝罪してアマリリスの無事を喜んでくれた。

エマリアと公爵からは正式な謝罪を受けた。メリッサはエマリアのユリシーズへの気持ちを煽り、アマリリスの悪い噂を吹き込んでいたらしい。そしてユリシーズが無理矢理、アマリリスに従わされているのではないか……騙されているかもしれないと思い、正義感の強いエマリアはメリッサの口車にまんまと乗せられてしまったそうだ。

ミッドナイト王国にユリシーズの存在を知らせに来たシャロンと一番、親しくしていたのもメリッサだと聞いて、アマリリスはラウルとメリッサによりシャロンはいいように使われたのだと思った。そう思うとエマリアも被害者なのだろう。

全てが嘘だとわかり、ユリシーズにハッキリと断られた今ではユリシーズへの気持ちはなくなったそうだ。現在はアマリリスのよき友人として、そして国がいい方向に向かうようにアドバイスをもらっていた。


その後に行われた両国の話し合いは終始いい雰囲気だったが、ミッドデー国王とミッドナイト女王は相変わらずだった。ユリシーズによれば一時は手を取り合っていた二人だが、また元に戻ってしまったらしい。しかし互いを名前で呼び合っていたりと、刺々《とげとげ》しい雰囲気は消えていた。そしてモントールやマヤが間に入り、歪み合う二人を抑えることでスムーズに進んでいった。

そしてアマリリスの時間が巻き戻る前よりもずっと早くミッドデー王国とミッドナイト王国は統合して、以前と同じようにアマリリスとユリシーズの結婚をきっかけに再び一つになった。

そして今日、アマリリスは二度目の結婚式を終えた。

正確には一度目なのだが、アマリリスの記憶の中だけでは、だ。準備をしている時、ペンダントから凛々の声がすることはなかった。

（お礼も言いたかったたし、たくさん話したいことがあったのにな……）

そう思いつつも、アマリリスは扉をノックする音が聞こえて立ち上がった。

今後、ミッドデー王国とミッドナイト王国の丁度中間地点にミッド城が建つ予定だ。今回も間をとってバルドル王国で結婚式を行い、ミッドナイト王国とミッドデー王国の両方でお披露目パーティーを行った。一週間ほど式典に追われて、両国ともお祝いムードは一カ月も続いた。アマリリスやユリシーズを歓迎する熱量は時間が戻る前よりも上がり、ずっといい関係を築いているように思う。


式典が終わり、アマリリスはぐったりとベッドに横たわっていた。疲労感が全身を襲う。そんなアマリリスに、ユリシーズは飲み物を差し出した。ムクリと体を起こしてユリシーズからグラスを受け取ったアマリリスは飲み物を流し込んだ。

「ありがとうございます」

「疲れたか？」

「はい、とても。ユリシーズ様はどうして平気な顔をしているのですか？」

「いや……俺は特に疲れは感じていない」

やはり騎士として己を鍛えているユリシーズとは、根本的に違うようだ。アマリリスも何かあってからでは遅いからと、朝の訓練に入れてもらい体力作りは今も続いている。ナイフの使い方をマヤに教えてもらっているのだが、元暗殺者であるが故に動きが早く一瞬で倒されてしまった。今の目標はマヤに勝つことである。しかしそれはまだまだ先になりそうだ。

「今日からはゆっくり休める。よく頑張ってくれた」

「ふふっ、でもみんながお祝いしてくれて幸せです」

「そうだな」

ユリシーズは背後からアマリリスを抱きしめて座っていた。ずっと剣を握っているからか固くてゴツゴツしている手のひらを触れながら遊んでいたアマリリスはふと、思い出したように体を起こしてからテーブルの上にある二つの御守りを手に取った。

「ユリシーズ様、見てください！　完成した新しい御守りです」

「こ、これは……！」

「忙しくて遅れてしまって、申し訳ございません。これでまた離れていても連絡を取れますよ」

「……素晴らしい！」

相変わらず刺繍に熱心なユリシーズは食い入るように新しい御守りを見つめている。こうなると満足するまでユリシーズは御守りを眺めるので、その間にユリシーズが好きそうな生地と刺繍糸を選んでいた。

「色が少ないながらも迫力が増している。何より線の緩急が素晴らしい……！　周りにあるのは花びらだろうか。キラキラと輝く花がいいアクセントになっている。このバランスと配置が絶妙だな」

「ふふっ、ありがとうございます」

「………いい」

うっとりと御守りを眺めているユリシーズを見て笑いながらも、いつも通りの日常に戻ってきたことを噛み締めていた。

（ユリシーズ様が喜んでくれてよかったわ）

そんなことをしみじみと思っていると、ユリシーズがこちらを見つめていることに気づいて綺麗な顔が近づいてくる。唇に柔らかいものが触れて、チュッと軽いリップ音が聞こえた。

「え……？」

アマリリスがキョトンとしているとユリシーズが恥ずかしそうに頬を赤く染めてから視線を逸らした。キスをされたのだと気づいてアマリリスはハッとして口元を押さえた。真っ赤に赤面した二人の間には沈黙が流れる。

「ど、どうしていきなりキスを……？」

「したくなったから」

「………！」

「嫌、だったか？」

「……っ、そんなことありません！」

勢いよく身を乗り出したアマリリスにユリシーズが小さく吹き出している。

「アマリリス、好きだ」

「わたくしもユリシーズ様のことが大好きです。ずっと……一緒にいてください」

「もちろんだ」

そしてもう一度、ユリシーズの手のひらが頬を包み込むようにして添えられる。今度は目を閉じると、再び触れるように唇が触れた後に何度も何度も啄《ついば》むようにキスを繰り返す。

吐息が漏れて息苦しくなった頃に逃げるようにしてユリシーズの肩に顔を埋めた。淡白な彼からは想像できないほどの口付けにアマリリスの心臓はバクバクと音を立てた。暫く放心状態だったが、恥ずかしさと幸せで胸がいっぱいだった。

その後、どうやってユリシーズと過ごしたのか覚えていない。熱い唇とドキドキと鳴りっぱなしの心臓を押さえながらアマリリスは眠りについた。


「おはよう、ララカ」

「おはようございます！　あれ、アマリリス様……お顔が赤いですが大丈夫ですか？」

「だっ、大丈夫！　とても元気よ。とっても！　アハハハ」

「ふふ、よかったです」

アマリリスの挙動不審な行動に察したララカは何事もなかったかのように紅茶を淹れた。ユリシーズは早々に朝の訓練に向かったようだ。

ララカがカーテンを開くと、朝日が部屋に差し込んだ。眩しさに目を細めながらも、アマリリスは喜びを噛み締めていた。アマリリスは晴れ渡る空を見上げながら伸びをした。

ララカと共に外に出るとベルゼルカ、マシュー、オマリ、そしてユリシーズがこちらを向いた。

「アマリリス……！」

いつものように名前を呼ばれて、アマリリスは笑みを返した。

「ユリシーズ様、行きましょう！」

「ああ、行こう」

伸ばされたユリシーズの手を取り、固く握り返した。

互いに手を取り合い、一緒にいればどんな困難でも乗り越えて行けるような気がした。


そして結婚式から数カ月後────。

様々な問題も片付いていき、アマリリスはユリシーズと共にバルドル王国にある花畑にお忍びで来ていた。目の前では色とりどりの花が目を楽しませてくれる深呼吸して新鮮な空気を鼻から吸い込んだ。

あの時と同じように後ろを振り向けば護衛達が待機している。しかし明らかに違う部分があった。

「ほう、バルドル王国にこのような場所があったのか」

「とても綺麗ね」

「どんな花や宝石よりもマヤの方が綺麗に決まっているっ！」

「………………黙って」

アマリリスとユリシーズの両親も揃って訪れていた。

「この白い花はミッドナイト王国でも生えているような気がするなぁ」

今回は新婚旅行ではなく家族旅行になっていた。思い思いの行動を取って楽しむ四人を見てアマリリスは笑みを浮かべた。アマリリスはどこか行きたいところがないかと問われた際に、迷うことなくこの場所を選んだのだった。

辛い思い出を塗り替えたい思いもあったが、何よりこの場所が大好きだという気持ちが強かった。木の陰に皆が座れるように布を広げて、フランとヒートと朝から気合いを入れて作った手作り弁当を出した。

初めて見る料理だからか、みんな興味津々のようだ。食べやすいようにと一口サイズに分けられている。ミッドナイト王国とミッドデー王国の食材を使い、アマリリスがアレンジしたもので、両国の関係が順調なことを示しているようだ。ユリシーズがおにぎりを手に取ったのを合図に、各々気になる食材に手を伸ばす。

「お口に合えばいいのですが……」

アマリリスの心配をよそに口々に「うまい！」「おいしいわ」という声が聞こえてきてホッと

胸を撫で下ろした。フランとヒートに報告しなければと思いつつも、ララカから熱々の紅茶を受け取った。

「こういうのもなかなか新鮮だなぁ……まさか空を見上げながら食事ができるなんてっ、ぐす……！」

「モントール、涙を拭いてくれ。皆の前でみっともないぞ？」

「ルナァ……！」

涙しながら口に食べ物を運んでいるモントールの涙を拭ったミッドナイト女王は「食べながら話すな」と怒りつつも嬉しそうだ。

「アマリリスの手料理を食べられる日が来るなんて、ワシは幸せだ……！　そういえば昔、マヤが手料理を振る舞ってくれてな！」

「アマリリス、これはどうやって食べるのかしら？」

「ああ、それはこのソースをつけると美味しいですよ。わたくしもお母様の手料理も食べてみたいです」

「もちろんよ、アマリリス。今度作るわね」

マヤはミッドデー国王には相変わらず辛辣《しんらつ》ではあるが、アマリリスにはとても優しい。しかしなんだかんだ言いつつもマヤとミッドデー国王は羨ましくなるくらいに仲睦まじい。

温かな風と共にユリシーズの金色の髪が靡いていた。「うまい」と言いながら次々と料理を口に運ぶユリシーズの肩に寄り添うようにして、涙が溢れそうなくらい幸せいっぱいの景色を眺めていた。

『今のアマリリスなら、できるって言ったでしょう？』

そんな声がどこからか聞こえてきそうな気がしてアマリリスは瞼を閉じた。

「アマリリス」

名前を呼ばれて目を見開くと、そこには夢にまで見た景色が広がっていた。

（…………ありがとう）

この時間がずっと続けばいいのに……そう思わずにはいられなかった。

城が完成して、新しい『ミッド王国』を象徴する旗には虎と竜、太陽と月が描かれていた。そしてアマリリスの魔法によってたくさんの願いが込められていた。

「ミッド王国、万歳……！」

「ユリシーズ殿下、アマリリス王女ー！」

下からは統合を喜ぶ大歓声が響いていた。そして背後には幸せそうに寄り添う両親達の姿があった。

「ユリシーズ様、行きましょう！」

「ああ、行こう。アマリリス」

城のバルコニーでユリシーズに手を引かれて一歩踏み出した。目の前に広がる景色は新しく、そしてキラキラと輝いて見えた。

Ｅｎｄ

ノベルス

牢《ろう》の中《なか》で目覚《めざ》めた悪役令嬢《あくやくれいじょう》は死《し》にたくない2～処刑《しょけい》を回避《かいひ》したら、待《ま》っていたのは溺愛《できあい》でした～

2023年5月13日　第1刷発行

著　者　やきいもほくほく

発行者　渡辺勝也

発行所　株式会社トーハン・メディア・ウェイブ
〒162-8710　東京都新宿区東五軒町6-24
［電話］03-3266-9397

発売元　株式会社双葉社
〒162-8540　東京都新宿区東五軒町3-28
［電話］03-5261-4818（営業）
http://www.futabasha.co.jp/（双葉社の書籍・コミック・ムックが買えます）

印刷・製本所　中央精版印刷株式会社

［お問い合わせ先］［電話］03-5261-4822（双葉社製作部）
ISBN 978-4-575-24630-8 C0093